台所と診察室のあいだで

江守いくよ
Emori Ikuyo

田畑書店

台所と診察室のあいだで◎目　次

第一章　父母から私へ、私から……

第二章　家族の時間

カバー絵＝岡田春代
本文挿絵＝山岸晴子

台所と診察室のあいだで

第一章　父母から私へ、私から……

たからもの

子供の頃の我が家は、いつも十四、五人の大家族。両親、祖父母、曾祖母、叔父叔母、そして住み込みの従業員。

皆の衣食住の世話をするのは、母だった。一日中動き回り、夜は縫物をしていた。女中さんがいたが、親戚の十代の女の子で、子供たちにとっては、お姉さんのような存在。言葉づかい、料理、裁縫などを、母や祖母から習う。花嫁修業だった。母にとって年長者に気を遣い、若い人に教えながらの生活は、苦労が多かったはずだが、人の悪口や愚痴を、聞いたことがない。明るい母の笑い声が、大好きだった。

私と妹が大学生の頃には、祖父母と両親と私たちだけの家族になった。父がロータリークラブの会員になり、夫婦で出かける機会が増えた。苦労をかけた母を楽しませたいと、思っていたようだ。いつも和服で過ごす母は、海外旅行も着物姿で、「着物も帯も平らにたためるからかさばらないのよ」と言う。

妹が、アメリカの姉妹都市で夏休みを過ごした。翌年は、アメリカの女子高生が我が家に来た。その後、毎年ホームステイの学生を、預かるようになったが、母が英語を話すのを聞いたことがない。一緒に過ごす時間が長い母は、簡単な英単語と日本語だけ。「二、三日たてば、お互いに解るわよ」と、言う。その前向きな姿勢が、すごいと思う。

女子大生が滞在中に、親戚の結婚式の予定があった。母は、花婿の家族に頼んで連れて行くことにした。私の振袖を着せられた女子大生は、皆に囲まれて日本の結婚式を楽しんだ。

穏やかに、明るく人に接し、仕事はテキパキとこなす。歳を重ねても記憶力が衰えない。見習いたいことばかり。

片思い

母は、いつも和服で過ごしていた。着物の上に、白い割烹着をつけて台所に立ち、庭仕事をする時は、モンペをはいた。小学校の父母会や参観日には、小紋や付け下げに、洒落た帯を締めて。そんな母に会うと、少し恥ずかしかった。

父と海外旅行に行くようになると、アメリカでもフランスでも、和服で出かけた。四十年以上前のこと、どこでも着物姿の日本人は、珍しい。「レストランでは、何も言わなくても、良い席に案内してくれるし、街では『一緒に、写真を撮ってください』と、頼まれるんだよ」と、父が得意そうに言う。

私や妹も、姉妹都市などの、外国人の参加する会では着せられたので、和服が好きになった。母の着付けで、苦しく感じたことはなかった。

　仕事をするようになり、結婚すると、和服を着る機会が無くなる。結婚式での訪問着、留袖、葬儀の喪服と正装だけになった。母の縫ってくれた着物も、自分で気に入って買った着物も、箪笥の中で眠っている。「着たいなあ」という気持ちがあるのに、仕事が忙しいとか、一人では帯結びが大変とか、後の手入れとか、言い訳を考えている自分がいる。

　母のように、さっと、格好良く着られなくても、『箪笥の肥やし』状態の着物を、活かしていかなくては。

運

「自分のことを、運がいいと言うのは構わない。でも、他の人に『あなたは、運がいいですね』と言ってはいけないよ。とても失礼なことだから。自分のことを、『運が悪い』と言うのも、あまり感心しないけれど」

父が言ったのは、十代の頃だと思う。当時、「運の良い、悪い」について考えたことはなかったので、そのまま忘れていた。

三十歳ごろ、子供を連れて実家を訪れると、竹細工の職人さんに会った。小柄で太い腕をした、近所のおじさんだ。いつも冗談を言っている人なのに、元気がない。お酒の臭いがする。

「俺は、運が悪いよなぁ。親を選んで、生まれて来られるわけじゃないからなぁ」

同じ年の父を見ながら言う。父は困った顔をして、チラッと私を見る。

腕の良い職人だったが、プラスチックや安価な輸入品が出回り、竹細工は売れない。奥さんが亡くなり、朝からお酒を飲むようになった。ますます、仕事に身が入らない。

幸せに見える人、成功した人に、『運が良い』と言いたくなる。しかし、誰にも見えないところで、大変な努力や勉強をしているだろう。悲しみや苦労を、見せないようにしているかもしれない。将来を見通す先見性や、素晴らしい才能を持っているに違いない。そういうことを考えずに、自分の力ではない『運のおかげ』と言うのは、確かに失礼なことだろう。

夢

目が覚めると、障子越しの光がまぶしい。家の中は、しんとしている。台所で、カタカタと音がした。

「お母さん」

と、呼んでみる。

「あら、起きたのね」

割烹着姿の母の顔が、覗く。

「お熱、下がったかしら」

額に冷たい手が触れる。

「もう、大丈夫。お粥を食べましょうね、お昼だから。それから、お薬」

枕元には、水差しと茶色の液体が入った薬ビン。いつも風邪の時に飲まされる薬だ。苦くはないが、不思議な香りがする。そうか、きのうから学校をお休みしたんだっけ。幸子ちゃんと遊ぶ約束、してたのに……。

アラームの音が、鳴り響いている。手探りでようやく止める。今日は休みだからと、アガサ・クリスティを、最後まで読んでしまった。以前読んだはずなのに、結末を忘れて楽しめるのは、単なる物忘れ？　大丈夫かしら。母の見舞いに行く日だと、思い出す。

母は、九十歳を過ぎて歩けなくなった。人形や袋物を縫うのも、指が曲がり、諦めた。でも、記憶力は抜群。介護用の箸やスプーンを使って食べ、できることは何でも、工夫して自力でする。

「あなたの煮物が、一番おいしい」

と言われ、いそいそと出かける。

「お母さんの夢を、初めて見たわ」

「あの風邪薬、懐かしいわ。杏仁水の香りでしょ」

「中学生になって、初めて杏仁豆腐を食べた時、『風邪薬の香り』が、解ったの」

母の笑い声が、広がる。

蝶の行方

小学一年生。捕まえた蝶を父に見せると、どこからか展翅板《てんしばん》を出してきた。羽を広げて虫ピンで留める。ただのモンシロチョウが、優雅な姿に変わる。

「きれいね」

とは言っても、その後は興味を示さない娘に、がっかりしたことだろう。

父は、子供の頃から蝶が好きだった。蝶を集め、標本を作り、分類や生態を調べるようになる。旧制中学に入ると、蝶類学会に参加し、論文を書いた。

「那智の奥の山中で、オオムラサキの群生を見つけて発表し、注目された」とのこと。

「学会で、坊主頭に制服を着ているのは、私だけだよ」

「国際学会があってね。帝国ホテルで、初めてフランス料理を食べた。隣の席の大学教授に、マナーを教えてもらいながらね」

昆虫学者になりたかったが、祖父に、

「虫を相手に、飯が食えるか」

と叱られた。

「長男だから、仕方がない。医者になった」

愛好家同士で標本を交換して、世界中の珍しい蝶が集まる。コレクションは、特注の桐簞笥、三棹に収められた。

太平洋戦争で出征する時、「戦死したら、標本を寄付する」ということを、上野の科学博物館と約束した。幸い無事に帰国したが、家は爆弾の直撃を受けて全壊。蝶は、いなくなった。

冬景色

母は、大きな樽に白菜を漬けている。手でつかんだ粗塩を振り込みながら、白菜の葉先と株元を、交互にびっしりと入れる。その手の動きに、見とれていた。

母の世代の主婦の冬仕事は、忙しかった。寒くなる頃には、打ち直しの終わった綿《わた》が、山のように届く。祖母と母が、手拭いを姉さん被りにして、締め切った部屋で、布団の綿入れをする。子供は入れてもらえない。障子のガラス越しに、綿埃の舞う室内を覗いていた。家族、十人分のふとんを、何日もかけて縫っていた。二日がかりで綿入れを終えた母は、にっこり笑った。

そして、年末の大掃除の後には、待ちに待ったお餅つき。前日から、出入りの職人さんが、物置から杵や臼を運び出して、準備を始める。

「邪魔しないのよ」

と母の声が飛ぶ。

「はぁい」

私と妹、弟の三人は、返事をするが、また近づいて行く。

翌朝になると、庭先のかまどの煙突から、煙が上がっている。近くに住む叔母と従妹たちも来る。もち米が蒸し上がると、いよいよ餅つきが始まる。職人たちの、威勢の良い掛け声と手さばきに、子供たちは目を見張り、声を揃える。搗《つ》きあがった餅を、大根おろしや餡でいただく。祖母と母と叔母が、のし餅とお供え用の丸餅を作る。私たちも、いびつな餅を作った。

一週間前、八百屋さんに白菜が並んだ。

「少しだけ漬けてみようかしら」

小ぶりのものを二つ、買い求めた。

すきま

いつの間にか、物置の横に木の箱ができた。箱には金網が貼ってあり、六十センチくらいの足が付いている。

二日後、ウサギがいるのを見つけて、私たちは大喜びした。真っ白と薄茶色の二匹だった。その時、ウサギは一羽、二羽と数えることを教わった。金網の間から、庭のハコベを差し込むと、ウサギは表情も変えずに、もそもそと食べた。一年生になったばかりの私には見えるが、妹と隣の家に住む従妹は、小さいのでよく見えない。二人は「見せて、見せて」と、騒ぐ。交代に抱き上げて見せるのは、大変だった。

二、三週後、ウサギは二羽ともいなくなった。誰に聞いても、「どこに行ったか、知らない」と言う。

一か月くらいして忘れかけたころ、ウサギが現れた。以前とは色が違うが、またハコベを摘んできて食べさせた。「ハコベなら、食べさせてもよい」と、言われていたのだと思う。もそもそ口を動かす様子は、かわいい。毎日の餌やりが、楽しみだった。

三週間後、ウサギはいなくなり、そしてまた、現れた。何度か繰り返し、やがて、戻ってこなくなり、冬が来た。

軍医だった父は、ソ連の捕虜になり、終戦の二年後に帰ってきたという。どのような様子で戻り、いつから仕事に復帰したかは、知らない。大学病院で診療しながら、ほとんど泊まり込みで、博士論文の勉強をしていたらしい。ウサギは、その研究に使われたことを聞いたのは、大人になってからだった。

あこがれ

「柔らかく煮た、牛蒡がいいわ」

　母は、手足が不自由になり外出できない。弟夫婦が面倒をみてくれているので、月に一度、好きな料理を持って訪ねる。九十歳になっても好奇心は旺盛で、情報源はテレビと新聞。インドの高温のニュースから、旅行した時の話。大宅映子の記事から、大宅昌さんの話。話題は尽きない。

　小学二年の時、父が静岡県の病院に転勤になった。母と妹、弟は一緒に行ったが、私は同行しなかった。教育熱心な祖母が、国立大学の付属小学校にかよう私の転校に反対したらしい。曾祖母、祖父母、叔父、叔母がいて、住み込みの看護婦も三人いる。

皆が遊び相手になってくれた。

父は、大学の研究会に出席するため、月に一度は帰宅したが、母には会えない。夏、冬の休みに、静岡に行くのが楽しみだった。久しぶりの母の笑顔、話し声。お手伝いを言いつけられるのも嬉しくて、妹と喧嘩しながら働いた。

両親と子供の核家族の生活は、新鮮だった。大家族の家事を一手に引き受けていた母とは、ゆっくり話をする時間もなかった。話を聞いてくれる母、一緒に遊んでくれる母は、すてきだった。ただ、妹が母に抱きついて甘えているのを見ると、羨ましくてドキドキした。私も同じようにしたいのに、なぜかできない。あまり叱られた記憶がない。寂しい思いをしているだろうと、母が気を遣ってくれたのか、良い子に見られたくて、少し無理していたのかは、わからない。

二年後、妹が小学校入学のため、父だけ残して、三人が帰ってきた。ちょうどその頃、それまで保護者役だった祖母が体調を崩し、母が父母会にも来てくれるようになる。話をする機会も増えた。遠慮がちな会話だったが……。

大学生になってからは忙しい毎日だった。医学部はすべての教科が必修科目で、高校以上に密な時間割。それでも、テニスに熱中し演劇部の手伝いもした。公演が近づ

けば、練習やチラシ作りなど、連日帰りが遅くなる。母は、十時過ぎでも裁縫の手を止めて、

「おかえりなさい」

と、微笑んでくれるが、ある日、父の雷が落ちた。

「若い娘が、こんな時間に帰ってくるなんて、危ないじゃないか。世の中、いい人ばかりじゃないんだ。周囲の人がどう思うか、考えてみなさい。お母さんは、主婦としては、完璧だが、世間を知らないから心配しないんだよ」

「ごめんなさい。気をつけます」

母と二人で頭を下げ、父がいなくなると、顔を見合わせて笑った。

子育てをするようになると、母と同じように話し、同じように叱っている自分に気づく。母の力を借り、アドバイスをもらい、仕事を続けられた。

いま、食卓を囲んでおしゃべりする、幸せな時間をもらっている。

胸さわぎ

カトマンズ空港は、抜けるような青空。一本だけの滑走路に、ロイヤル・ネパール航空の双発のプロペラ機（フレンドシップ）が駐機している。三十分後、デリーに向けてふわりと飛び立った。日本人は、私たちだけ。

副機長が、

「夕焼けのヒマラヤ山脈がきれいです。『二、三人ずつ操縦室へどうぞ』と、機長が言っています」と、告げた。オレンジ色の空を背景に、白い山々が百八十度広がる。こんな光景を見られるのは、一生に一度かなと思う。

「どうかした？」と、母が囁く。

「ううん、何でもない」。

一九七〇年一月。父が「アジア皮膚科学会」に招かれ、南インドのマドラス（現在のチェンナイ）で講演することになった。母と私が、同行した。明日は、独立記念日のパレードを見て、翌日タジ・マハールに、その後マドラスに行く予定。

急に飛行機の高度が下がり、揺れ始めた。闇の中に稲妻が走り、雨が窓に打ち付ける。雷雲を抜けるつもりらしい。揺れが強く、気分が悪い。なお降下して、ドンと弾み、次は前に放り出されるような衝撃。機首が下がり、斜めに止まっている。十八人の乗客は、非常口から飛び降りる。凹凸のある荒れ地、はるか遠くに空港の灯が見える。右のエンジンから、火が出ている。

「爆発する」と、若い男性たちが、意識の無い機長と、けがをした副機長を、操縦室から引っ張り出す。皆で機体から離れた。午後七時三十分。エンジンの火が消えた。雨は止んでいた。救助隊が来たのは、一時間後だった。

翌日の新聞には無残な飛行機の写真とともに「機長は死亡、副機長二人が重傷、乗客は無事」という記事が載っていた。

手紙

「先日は、お友達とご一緒においでくださいまして、ありがとうございました。おいしいごちそうをいただき、楽しいお話ができて、良い一日を過ごすことができました」

十五年前の母の手紙が、見つかった。

高校時代の友人が母に会いたいというので、かつての同級生二人と私の三人で、実家の母を訪ねた。母は足が不自由になり、一人で外出することはできないが八十歳になっても、毎日、手を動かしている。

「何か作りたいものが、あるかしら。あの棚の三段目の箱を、持って来てちょうだい」

大きめの菓子の箱を開けると、型紙に合わせて切った布、ビーズ、色糸などの材料が入っている。教えてもらいながら、二時間ほどで、縫いぐるみの小熊が完成した。

その間、おしゃべりが続く。文化祭のためにヒイラギの葉脈で栞を作ったこと。

「庭のヒイラギの葉っぱを集めるのを、手伝ったわね」

と、母が笑う。子育ての話、料理の話と、取り留めなく……。

母は、和裁が得意。妹や私の着物、祖母や叔母の着物、留袖から普段着まで、いつも夜なべ仕事をしていたような気がする。

「女学校で、お裁縫が上手と表彰されたのよ」

自慢話をしない母が、珍しく話した。大きな物を作るのが難しくなっても、針を持つことが、一番の楽しみのようだ。毎年の干支の人形、パッチワークの鍋敷きやバッグ、雛祭りや端午の節句の飾り物。何でも作る。
五、六年前から、手の変形が強くなっている。
「時間がかかるようになったの」

と言いながら、一針ずつ縫う。厚手の布では、刺した針を小さな『やっとこ』で引き抜く。

便箋の文字は、以前のように整ってはいない。

「来年の干支の人形ができました。取りにいらしてください。その時、あなたの煮物、できれば軟らかく煮た牛蒡を、持って来ていただければ、嬉しいです」

墓

「私は、田舎のお墓には、入らないから」と、義母は言う。死んでから、誰と一緒でも構わないと思うが、「あの人がいや」という訳ではなく、都内に墓が欲しいらしい。

義父が亡くなり、墓地を探し始めた。義母が見つけてきたのは、青梅の方らしい。「車で連れていってくれたの。山の上にあって、景色がいいのよ。夜になると、東京の夜景が見えるんですって」と言う。「彼岸やお盆には、車が渋滞して動けなくなるよ。それに、暗くなってから、誰が夜景なんか見るんだよ」と、夫。義母は、黙り込む。

ようやく墓を決めたのは、十年後。義母の三回忌が、済んでからだった。両親の葬儀をした寺から、墓地を拡げることにしたからと、ようやく許可がおりた。檀家になる手続きをし、石材店に墓石をたててもらう。小さな墓でも、都内に墓地を持つのは、大仕事だ。息子たちと孫、義妹義弟とその家族も、久しぶりに集まって、両親の納骨の法要をした。

葬儀の日に、初七日の法要を行うことが当たり前になった。最近では、通夜を省く『一日葬』や、身内で送る『家族葬』が、増えているらしい。大切な人を失った悲しみを癒してくれるのが、葬儀であり、墓だろう。残された人が安らぎを得られるなら、どんな形でも良いと思う。

墓地まで十五分。車のトランクに、お線香を載せて、気まぐれに、お参りをする。

流れ星

小学四年の担任になった先生は、背が高く、少し怖そうな気がした。廊下で先生に会い、友だちと二人で、大きな模造紙を運ぶのを手伝った。並んで歩くと、祖父と同じ匂いがして、ほっとした。

祖父は、明治二十一年、山梨県に生まれた。幼い時に父を亡くし、母のために医者になる決心をした。東京で勉強する資金は、山を売って作ったという。医学専門学校を卒業後、内科の修行をした。大正二年、埼玉県で開業し、母を迎えた。

診療所に来る患者さんを診察し、往診をする。定期的に訪ねる慢性疾患の人、寝たきりの人。高熱や腹痛の急患。医者に行く手段がない時代なので、家族や近所の人が呼びに来る。往診は多かった。朝でも夜中でも、頼まれれば出かけた。所沢は、市街地のある地域と、周辺の村が合併して、町になった。近くは歩いて行くが、遠い村の患者さんの家には、人力車を使う。丘陵地帯の時は、交代する車夫が、もう一人付いた。帰り車の中で、その日の診断と治療を振り返る。目を上げると、満天の星空。流れ星を見て、褒められたような気がしたと言う。眠り込んで、落ちそうになったこともあるとか。

幼稚園の頃、祖父は六十代。内科に限らず、どんな病気の人でも、診療していたように思う。聴診器は解るが、手を当てて叩く打診は、不思議だった。診察代の代わりに、野菜を置いて行く人もあった。

年に何回か、二人の職人さんが来る。夏には、近くの神社の祭りの時。お神輿が町内を練り歩く。掛け声が近づくと、門を開けて迎え入れるのは、この二人。「〇〇医院」と名の入った法被を着て、樽酒を振る舞う。台風が近づくと、家の雨戸や診療所のガラス窓に、板を打ち付ける。暮れには、餅つき。物置から、臼や杵、かまどを出して準備する。翌朝、もち米を蒸して、餅をつく。普段は何をしている職人なのか、知らない。大工さんでも、植木屋さんでもない。子供たちには優しいが、たくましい二人が来ると、いつもと違う何かが起こるようで、ドキドキした。二人を見なくなったのは、いつ頃だったか、記憶にない。

祖父が七十歳の時、父が後を継いだ。私が医学部の学生になった頃には、部屋で本を読んでいることが多かった。昔からの患者さんが来院した時だけ、診療所に顔を出す。夏休みのある日、「白衣を着て、来るように」と、呼ばれた。

祖父と年配の男性が、話をしている。「あの小さな女の子が、お医者さんですか」「まだ、学生だけど。背中を見せてくれませんか」「いいですよ。勉強になるなら」。打診をするように言われた。「失礼します」と、祖父が座っていた椅子にかける。『内科診断法』の授業で、習っている。左手を背中に当て、右中指で軽く叩きながら、ずらせていく。胸水がたまっているなら、私でもわかるはずだが、全く変化がない。「左上肺部に、石灰化がある」と、言いながら叩いてみせる。祖父の打診は、音が聞こえない。手の感覚で、判断するらしい。真似てみると、かすかに鈍い感じの場所が、わかった。

昔は、レントゲンも無く、診察カバン一つで往診していた。改めて、診断の技術に感心する。検査データばかり見ている、現在の医師とは大違いだ。

その晩、「私が医者になった頃は、自分の力の限り、患者さんを治療することだけを考えていた。今の開業医は、自分で対処できる病気か、専門の医師に紹介するべきかを判断するのが、一番大切なことだと思うよ」と、言われた。ふと、二人の職人さんのことを思い出して、「何をする人?」と、訊いてみた。「ああ、仕事は、とび職だよ。昔は、医療保険が無かったから、商店と同じように、盆暮れに医療費を払ってもらうことになっていた。それで、計算書を持って、集金に行ってくれる人だった。お金のない人からは、貰わないけど」「だから、野菜を持って来てくれる人がいたのね」。

いつも、きちんとした服装をしていた。夏、白麻のスーツに、パナマ帽をかぶり、大きなカバンを持って往診に行く、祖父の姿を思い出す。子供心にも、すてきに見えた。夕食の前にお風呂に入り、浴衣に着替えて晩酌をする。一合のお酒を、おいしそうに。「いつ呼ばれるか、わからないからね」と、少し残念そう。

四年生の時の担任の先生と同じ匂いがした。

本

母方の祖母、タカさんは、八十五歳。身長百三十センチで、腰が直角に曲がっている。

父が逝って、一人暮らしになった母の家に泊まりに来る。人形作りをしていたが、私の本を見つけた。読み終わった本の置き場に困り、実家に運んだ段ボール二箱。誰かが読むとは思っていないので、種々雑多、何を入れたか覚えていない。田辺聖子や井上靖なら読みやすいだろう。翻訳もののミステリーは、二十冊以上のアガサ・クリスティ、リリアン・J・ブラウンのシャム猫ココシリーズも。面白くて次々読んだが、繰り返し読むことはないと思い、箱に詰め込んだ。

「外国の名前は覚えにくいから、人物表を作りながら読むのよ。知らない本がたくさんあって、楽しい」

「文庫本は、老眼鏡と虫眼鏡を使うの。集中力に感心するわ」

と、母が言う。

幼稚園児の息子の昆虫図鑑を、隣から覗く。興味を示してくれる人に喜んで、

「これは、ヘラクレス・オオカブト。世界一大きいカブトムシ。南アメリカにいるんだよ」

「すごいわね」

と、タカさん。星の図鑑を見つけると、

「ハレー彗星は、書いてある？　私、見たのよ」

「すごいね」

と、今度は息子。ハレー彗星は、七十六年周期で地球に接近する。一九一〇年（明治四十三年）、タカさんは十二歳だった。次は、三年後の一九八六年。二回目の彗星に会えるかもしれない。

タカさんは庄屋の娘で、伸び伸びと育った。明治生まれなのに、オルガンとアコー

ディオンが弾けた。嫁ぎ先は熊谷の庄屋で、養蚕が盛んな地域。
「お蚕さんの世話は好きだけど、機織りは初めてで、辛かった」
と言う。六人の子供を産み、戦後の農地改革で、慣れない畑仕事が日課になった。
体を酷使し、腰が曲がった。
長男と喧嘩をして、次男夫婦と暮らす。
「人生に少しは問題がある方が、呆けないのよ。来週、お嫁さんが迎えに来るから、
本を借りて帰っても、いいかしら」。

引き出し

最近、探し物の時間が、多くなった。何げなく置いた時、とりあえずしまった時が、危ない。法事から帰り、時計を外す。小さめの文字盤に黒いベルト。普段は使わない。疲れたので、そのまま机の上に置いた。

父方の祖母の物忘れがひどくなったのは、七十歳頃だった。指輪が無いと言う。部屋は、きれいに片付いている。アクセサリーを入れる箱を、開けてみる。

「ね、無いでしょ」

と、心配そう。いつも眼鏡が見つかる引き出しには、固くなったお饅頭が一つだけ。和ダンスの、お気に入りの小紋の間に、刺繍のハンカチに包まれた、指輪と帯留めがあった。
七、八年後には、食事をしたことを忘れ、庭にいたはずなのに、近所の人に連れられて帰るようになった。五月のある朝、五時に電話が鳴る。祖母の甥が、
「叔母さんが、来ているんですが……」

と、言う。誰も気づかないうちに外に出て、街を歩いていたらしい。タクシーの運転手に、「家まで送りましょう」

と言われて、住所を告げた。きちんと羽織を着た祖母は、背筋を伸ばして座っていた。到着した所は、十キロ先の実家だった。

祖母の物を探すのは、得意だったのに、自分の時計が、見つからない。そして二か月後、薬を入れる引き出しで、発見した。実家の弟には、

「痴呆症になったら、あなたの家に帰るかもしれないから」

と、言ってある。

面影

落ち着いた濃い赤の鎌倉彫。伸びやかな花が、浮き上がっている。三十年前、叔母が手作りした盆を、気に入って貰った。

叔父の家と我が家は、隣同士。従妹が二人。子供たちは、いつでも庭を抜けて、台所から出入りする。母はいつも和服を着ていたが、二歳年下の叔母は、優しい色のセーターやブラウスを着て、明るくモダンな印象。

子育てが一段落した五十代。二人は、大宅昌さんの主宰する『あだ花会』に、行くようになる。明治生まれの女性の会に、なぜ大正も後期の二人が参加できたのかは、知らない。毎月開かれる、ゲストの講演と会員の女性たちとの食事会に、ちょっとおしゃれをして出かけるのを、楽しんでいた。

母も叔父も亡くなり、ご無沙汰することが多くなった。二年前、年賀に訪ねた。一人暮らしをしていたが、半年前から娘夫婦と同居している。

「若い人が一緒で、安心でしょう」

と訊くと、

「家の中で、人とぶつかるし、うるさいし」

「こういう憎まれ口を、きくのよ」

と、従妹は笑う。優しいだけの人ではない。

「佐藤愛子の『九十歳。何がめでたい』を、読んだの。面白かった。言いたいことが、みんな書いてあるわ」

「えっ、九十になったの？」

髪は白いが、背筋を伸ばして座る姿は若々しい。油絵、水彩画は今でも続けている。

鎌倉彫の盆にのせると、果物も和菓子も映える。デザインと彫りは、すっきりして、強さと繊細さがあり、叔母に似ている。

晩夏

「孫と一緒に、軽井沢の別荘に行ってきましたの。涼しくて、ようございましたわ」

祖母が、友人からの電話に応えている。母と私は、思わず顔を見合わせた。

「孫の別荘で、一か月くらい、避暑をしてきたように聞こえない？」

「嘘は、言ってないけど」。

義母の友人の別荘を借りて、私たち夫婦と子供で出かけることにした。予定は、夏休みの五日間。祖母が母の家に滞在していたので、誘ったところ、二人がやって来た。一泊二日の、軽井沢旅行だった。

祖母は、読書と音楽が好きだ。置き場所に困り、実家に持ち帰った私の本を、片っ端から読んでいる。八十歳を過ぎているのに、歴史書からミステリー、サイエンスフィクションまで。老眼鏡とルーペを使い、文庫本も読破する。手元にあった有吉佐和子の『青い壺』の単行本を持っていくと、

「あら、懐かしい。文芸春秋に連載されているとき、毎月楽しみだったわ」

「文芸春秋を読むの？」

「そう、本屋さんに届けて貰うのよ。一番読みでがあるから」

確かに、女性向けの雑誌では、物足りないかもしれない。

女学校を出てから、女子師範に行きたかったが、許してもらえなかったという。明治生まれの女性が職業を持つことは、難しい。

「代用教員はしたのよ。勉強を教えたり、オルガンを弾いて歌ったり、楽しかったわ」。

また、祖母の声が聞こえてきた。

「お電話いただいたのに、ごめんなさい。軽井沢に行っておりましたのよ」。

第二章　家族の時間

すれちがい

義母は、公立中学・高校で教えていたが、六十五歳で退職した。講師として働きながら、同窓会の幹事を引き受け、友人との観劇や旅行など、毎日のように外出していた。

団塊ジュニアが結婚年齢になる頃で、知り合いや教え子から、結婚の相談を受けることが多くなる。女子高等師範の同級生と教え子の音大教師との三人で、若い人たちの〝手伝い〟を始めた。それぞれが頼まれた写真と身上書を持ち寄って、見合い相手を決める。一年で三組のカップルが、成立した。

昔は、どこにも世話好きな人がいた。家族構成や家系、経済状態も熟知したうえで、両家に話を持ち掛ける。父と母の結婚も、親が決めたと言う。一度も会わずに式を挙げたのに、不思議なほど仲が良かった。地域で面倒を見てくれる人がいなくなったのは、いつ頃からだろう。

十年ほど経つと、何回見合いさせても断られる人が出てきた。「慶応出身の、いい子なの。奥さんとピアノを弾きたいと言うから、音大出の人を紹介したのに」と、義母。「それは無理でしょ、プロですもの。家でも素人の相手をするなんて嫌ですもの」と、私。「東大卒で一流企業で働く人を、その日のうちに断ってきたの。フィーリングが合わないって、どういうこと？　彼女の学歴や家柄からみたら、玉の輿のはずなのに」と、怒る。学歴第一の元教師と、若者の価値観の差、だろうか。そうでもないような……。

絵本

「今日は、これね」。三歳の次男が、本を持ってくる。『ぐりとぐら』。何度も読んでほとんど覚えているのに、飽きることが無い。小学生の長男も、寄ってくる。

子供に本を選ぶのは、楽しみだが難しい。最初に買ったのは、長男が二歳になる前だった。大好きな自動車の本、『はたらくくるま』。トラックや工事車両に、大喜び。『はらぺこあおむし』は、美しい色使いとアイデアに、驚かされた。一九七五年。まだ英語版だったが、読んで欲しがる。あおむしの食べる、おいしそうな果物やお菓子の絵を、毎日見ていた。

幼稚園に行くようになり、毎月渡される「こどものとも」シリーズの絵本は、大人も楽しみで、福音館という出版社の名前を知る。その頃、松居直著『絵本とは何か』を見つけ、夢中になって読んだ。福音館の編集長・社長になった方だ。「子供は、絵本の絵を読む」という。気に入ると、同じ本を毎日眺めている。絵を見ることによって空想が広がり、物語の中に入り込む。そして、ページをめくると、また新しい世界になる。それが良い絵本であり、ただ可愛いだけの絵ではいけない、とのこと。

父親が読んでくれる時は、北欧民話の『三びきのやぎのがらがらどん』を、必ず取り出す。やぎの兄弟が、山に向かう。谷川の橋の下に住む恐ろしいトロルが、「食べちゃうぞ」と脅す。父が、怖い声で読むと、子供の肩に力が入る。終わると、ふっと笑顔になる。

顔

「あら、お久しぶり。お元気？」

駅前の八百屋の店先で、にこやかに話しかけてきた人がいる。見覚えはあるが、誰かわからない。早口のおしゃべりに、相槌を打つだけ。仕事の関係者ではない。以前参加した、コーラスの仲間でもない。頭の中が、クエスチョンマークだらけになる。

人の顔を覚えるのが、苦手だ。久しぶりのクラス会では、仲の良い友達のそばに付いている。

「ピンクのブラウスを着ているのが、英子。向かい側が、早苗」

「緑の服の人は？」

「何言っているの。竹内先生よ」

と、呆れられた。むしろ、顔が見えなくても、声と話し方で解ることがある。

義母は、驚くほどの記憶力の持ち主だった。公立中学の校長をしていた頃、ベビーブームの子供たちが、毎年二百人以上入学してくる。

「一学期中に、全員の顔と名前を、覚えるようにしているのよ」

「どうやって、覚えるの？」

「写真と名簿で確認してから、実際に顔を見て覚えるのよ。名前を呼んで話しかけると、喜ばれるでしょ。まあ、一度覚えれば、忘れないから」

義母の特殊能力かと思っていたが、長年の努力の結果だろう。私には無理だけれど。

「あ、もう行かなくちゃ。木村くんのママのお店、ご存知？　こんど、行きましょう」

彼女は、颯爽と去っていく。八百屋のおじさんに、

「やっと最後に、息子の友達のママだと、わかったわ」

「へぇ、最初から仲良さそうに見えたよ」

と、笑う。次に会った時に、思い出せる自信は、無い。

告白

「今日ね、とても気の毒な人が来たの」

夕食後二人になった時に、義母が話し始めた。定年後、区民相談の担当になった。

女性は、四十二歳。離婚し、アパートで独り暮らし。体が弱く、寝たり起きたりの生活をしている。中学生の娘には会っていない。「小さい頃は、すぐ熱を出して、泣いてばかりだった。それを近所の人は、『私が、娘の面倒を見ないからだ』って」

「親は、魚河岸で働いていたから、声がデカくて、サッパリしてて。いつも、おいしい魚を食べさせてくれた。口は悪いけど、人の陰口は聞かなかったよ。でもさぁ、うちの周りの人たちは、みんな、私の悪口を言う。スーパーに行けば、『万引きだ』とか、家の近くまで帰ると、『どこで買い物したんだろう。ちゃんと、金を払ったのかな』とか。一度だって人の物をとったことなんか、無いのに」

話しながら、義母は涙ぐむ。ただ、私は違和感を覚えた。悪口をいう『人、時間、場所』が、漠然とし過ぎている。

「お義母さん。幻聴か被害妄想かもしれないから、地域の担当者に確認して」

と、頼んだ。翌日、

「統合失調症の患者さんですって。二か月前に退院したけど、薬を飲まなくなると、被害妄想の症状が出てしまう。あなたに話してよかったわ」

「看護師が指導に行くので、連絡ありがとうと、言われてしまったわ」

義母は、少し自信なげな、表情をした。

家族

日曜の夜になると、義母は鉛筆を手にメモ用紙に向かっていた。月曜の朝礼の原稿を書くためだ。

「子供たちは、いいのよ。どうせ聴いてないから。でも、先生たちに、また同じ話をしていると思われるのは、嫌なの」。

公立中学の女性校長は、まだ珍しかった。義母は、明るくて、おしゃれで、はっきりものを言うが、堅苦しい印象はない。

義父は、「暮も正月も、大学で顕微鏡を覗いている」と言われる研究者。二人を知る人たちには、義母が全てを取り仕切っていると、思われている。おとなしそう見える義父だが、マイペースで頑固。なかなか難しい人で、義母は常に気を遣っているようだ。

それぞれの仕事が忙しく、家族が揃うことは、めったにない。夫の両親と義弟、私たち夫婦の五人が、久しぶりに食卓を囲んだ。ここでも、話の中心には義母がいる。義父は、黙って聞いていることが多い。いつの間にか、スパルタ教育の話になった。夫が、「巨人の星」の『星飛雄馬』を持ち出した時、義母が、

「何のこと？」

と、聞いた。アニメが人気だった時期でもあり、野球好きの義母が知らないことに驚いた。

「『巨人の星』を知らずして、初等中等教育を語るなかれ」

義弟の一言に、大笑いとなり、義母だけが黙り込んだ。

入学式、卒業式の義母の和服姿も、素敵だった。毎週の朝礼よりも、力を注いだであろう挨拶を、聴く機会はなかった。いまだに、原稿も見つからない。

夏休み

雨が叩きつけるように降り、雷が鳴り響いた。子供たちが、急に静かになる。電灯がチカチカして、消えた。夕食の支度をしていたので、大声で夫を呼んだ。

「揚げ物をしているから、ライトをください」

ろうそくの火で、食事をした。エビと魚のてんぷらは、揚げ過ぎだった。

妹の子供を預かって、昨日から伊豆高原に来ている。小学生の姪と甥、我が家の息子も小学生と幼稚園の二人。人数が倍になると、賑やかさは三倍。今日は、朝から今井浜で、海水浴と砂遊び。子供に人気のある夫は、四人を相手にして、ヘトヘトになった。四十分ほどで電気がついたが、

「風呂には入ったから、もう寝るぞ。歯磨きしなさい」

と号令をかけて、最初に布団に入る。つられて子供たちも、寝てしまった。

午前二時に、電話で起こされた。

「腎臓移植のドナーが見つかった。すぐ帰って来い」

大学の医局からだ。生体移植では、提供してくださる人と移植を受ける患者さん、それぞれに手術チームが必要になるので、医局員全員に召集がかかる。夫の夏休みは二日で終わり、朝五時に、車で出かけた。四、五日は、泊まり込みだろう。

残された五人は、歩くかタクシーを利用するしかない。お弁当を持ってプールに行く。海と違って、沖に流されたり、迷子になる心配はない。年上の二人は、大きいプールで泳ぎ、下の二人は、子供用プールでバシャバシャと遊ぶ。どちらも、目が離せない。

夕食は、姪とちらしずしを作る。

「また、一緒に来たいな」

「来年ね」

風が出てきた。今日も、夕立だろうか。

木枯し

大晦日には義母が我が家に泊まり、ともに新年を迎えるのが常だった。年末ぎりぎりまで仕事をして、手のかかる料理はできない。煮物や『なます』、お雑煮の支度をする。義母は横の食卓で、テレビを見ながら年賀状を書く。その間、二人のおしゃべりは続く。

鰹節の香りが広がると、

「あら、ちゃんとお出汁をとるのね。嬉しいわ。でも、あの人たちには麺つゆで十分よ。知らないの？　今度使ってごらんなさい」

家庭科教師として、校長として、長年働いてきた義母は、仕事を続ける私にも理解がある。そして、自慢の息子のはずの夫には、手厳しい。息子や娘の気にいらないところは、全部父親の血筋のせいで、自分の責任ではないと思っているらしいのが、面白い。何年か前、二人で話している時に、

「私もあなたも、お嫁さんだものねぇ」

と言われた。結婚して三十年以上の人が、『お嫁さん』と意識していることに、びっくりした。

やっと料理が出来上がる。『紅白なます』の人参の赤が、思ったよりめだつ。

「人参が多くて、品が良くないわ」

と義母に見せると、

「どうせ品の良くない人に食べさせるんだから、いいんじゃない」

義母の返事に大笑いしていると、ドアが、開いた。

「また、私の悪口を言っているんだろう。早く寝なさい」

と夫が言うので、また笑う。

義母のいなくなった大晦日は、風の音が響く。品の良くない『なます』が、また出来上がった。

後始末

義父は、物を捨てない。部屋の壁は、本棚以外は様々な箱が積まれた棚。床にも箱の山があり、やっと歩くような隙間しかない。天井には、紙袋が七、八個ぶら下がっている。その部屋に入る機会は、ほとんど無い。あるとき義母が、

「これ、見てごらんなさい」

と言うので、袋を覗く。一つにはヤクルトのボトル、隣にはジュースの空き缶がギッシリ。きれいに洗って入っている。

「どこに何があるか、全部分かっているの。『あの時のジュースが……』って言うと、缶が出てくるもの。お父さんが死ぬまで、捨てられないわ」

と、嘆く。

大学を定年退職すると、私物がトラックで帰ってきた。庭に建てた研究室に、書籍や実験道具を収め、最新型の電子顕微鏡を買った。「個人で持っているのは、三人だけ」と自慢する。植物形態学者の、最高の居場所ができた。毎日決まった時間に研究室に行き、顕微鏡を覗き、写真を撮り、論文を書く。

幸せな時間は、二年しか続かなかった。「ゴミ」にしか見えないものは、あっという間に捨てられた。最後に残った電子顕微鏡を、貰ってくれる人を探した。大学の講師が、欲しいと言ったが、

「振動に弱い顕微鏡は、移動と調整に百万円以上かかる」

と、業者に言われて諦めた。大学が出してくれるあてがないと。借金をして相続税を払う私たちにも、希望をかなえてあげる力はない。誰も使えない顕微鏡が、部屋の真ん中にドンと残った。五年後、ようやく業者に依頼して、分解・搬出してもらった。費用は、四十万円だった。

針路

幼い男の子は、車派と電車派に分かれる。高志は、絵本の『働く自動車』を、毎日見る。トラック、バス、消防車、清掃車……。

四歳の時、祖父が赤い車を買ってくれた。ハンドルを握り、足でこぐ。

「ガレージは？」

と言われた祖父は、車庫の隅に、チョークで四角を描いた。数日後、バックしながらハンドルを動かし、切り返しをして駐車した。

大学生になると、免許を取り、三年生から中古車会社でアルバイトをした。

卒業後、トヨタに就職。車のことなら、勉強も、知らない人と話すのも、苦にならない。会社の車が使えない日は、自転車で地域を回った。

「自転車で来る車屋は、初めてだ」

と、おじさんが笑いながら話を聞いてくれた。

五年経ち、営業成績はよい。安定した生活だが、やる気のない同僚を見るのが嫌だ。

そんな時、昔のバイト先の社長に声をかけられた。妻は、

「やりたいんでしょ。好きにしたら」

と言うので、転職。中古車とはいえ、外車も国産車も扱う。客の好みの車を、オークションで競り落として喜ばれるのは、最高だった。

十年後、不景気に。給与が減り、人員が減り、睡眠時間を削って働く。ゲッソリと痩せた。

「このままじゃ、死ぬよ」

見るに見兼ねた妻の一言で、退職。

他の仕事を勧めてくれる人もいるが、独立して、車に携わって生きると、決めた。

負けず嫌い

昭と宏は、三歳違い。兄はのんびりしている。弟の宏は、ハイハイをしている頃から対抗意識を持っていた。お兄ちゃんのしていることは、何でもやってみたい。できると思っているらしいが、思うようにいかないので、悔しがる。積み木でも、ドミノ遊びでも、もうすぐ完成という時、這って崩しに行く。いっしょに遊びたいのだろうが、絶妙のタイミングで壊すので、昭が怒る。

二年経つと、ミニカーや電車の玩具で、仲良く遊ぶようになった。兄が合わせてくれているのだが、宏は気づかない。散歩の時、西武線の踏切で電車を見るのが楽しみ。特急のレッドアローが来ると、飛び上がって喜ぶ。たまたま撮った写真を見ると、宏の後ろに立つ昭が、弟のTシャツの裾を、ギュッと握っていた。

小学生になった昭は、サッカーに夢中。幼稚園に通う宏も、付き合わされる。家の中でも、柔らかいボールを蹴って遊ぶ。ママは、壊れそうなものを、全部片付けた。初めは力を加減している昭だが、熱中してくると、宏には受けられない。走っても、勝てない。悔しがって、泣くことになる。

運動は二人とも得意。昭は『スポーツ第一』なので、サッカーの仲間は、友だちではあるが、ライバルでもある。リレーの選手に選ばれると喜ぶが、宏は迷惑がる。運動会前の練習があり、ゲームができないのが嫌だと言う。同級生は、敵にならないらしい。家族でトランプをすれば、兄に勝とうとむきになるのに。いつの間にか、兄を「アキラ」と、呼び捨てにしていた。昭は、そう呼ばれても気にしない。

宏は、中学で仲間ができた。高校生になったら、『ゲーム甲子園』に参加すると、張り切っている。兄に攻撃をしなくなった。お互いの違いが解ったのか、自分に自信を持てるようになったのか、興味深い。

第三章　診察室の窓から

オーラ

「おはようございます」

長身の男性が、頭を下げて椅子にかける。

「おはようございます。痒みは、いかがですか。背中を拝見しましょう」

「夜、思い出したように痒くなるだけで、楽になりました」

今日が三回目の受診。広範囲の湿疹症状は、落ち着いてきた。

「あと一週間、薬を使っていただいて終わりにしましょう。また痒くなるようなら、いらしてください」

「ありがとうございました」

と、診察室を出ていった。

カルテには保険証がコピーしてある。年齢は四十歳。地味だが仕立てのよさそうなスーツにネクタイ。何をしている人だろうと思いながら、カルテを書く。国民健康保険なので、会社名はない。会社員には見えない。垢ぬけているが、芸能人でもなさそう。言葉づかいは丁寧。立ち居振る舞いは、無駄がない。スポーツマンか？　ふと『女性にもてるかどうかはわからないが、男性がついて行きたくなるタイプかも』と、思い付く。

ちょうど患者さんが途切れたので、看護師の高田さんに声をかける。

「このかた、何をしている人かしらね」

「えーっ。先生、知らなかったんですか？」

頬に指を滑らせて、

「これですよ。やーさん。若いけれど偉い人らしくて、若い衆が二人ついてくるんです。その、いかにもチンピラが、診察室の前と廊下の角に立っているから、皮膚科の前に誰もいなくなって、困るんです」。

『男性を引き付ける人』という、私の勘は、当たっていたようだ。今なら『オーラがある』と、言うのだろう。その後、この患者さんが来院することは、なかった。

一、二か月後、新患の名前を呼んだ高田さんが、ちょっと眉をひそめた。でっぷりと太った五十代の男性が、肩をそびやかして、入って来た。患者さんには、いろいろな人がいるので驚かないが……。

「水虫の薬を塗ったけど、効かないんだよ」

「まず、見せてください。だいぶ前から繰り返しているでしょう？　検査をしますね」

「もう、二、三年かなあ。娘が嫌がるんだよ」

「お父さんは、娘さんには弱いものね」

「そうなんだよ。ちゃんと病院に行かないと家出するって。小学生なのに」

皮膚の表面をこすって、顕微鏡で観ると、水虫の原因、白癬菌が確認できた。

「水虫の診断は、間違っていません。薬の塗り方の問題だと思います」

抗真菌剤のチューブを取り出し、塗りながら説明する。

「指の間だけしか、つけていなかったでしょう？　小指が気になるだけでも、全部の指にくるくるっと。それから足の裏と足の横の部分にも塗ります。一日一回、石鹸でちゃんと洗ってからね」

「こんなに広く塗るんだ」

「指の間は、一週間位で良くなるけれど、安心して止めると、また出てきます。皮膚が入れ替わるのには、四週間かかるから、初めて症状が出た時でも、一か月は塗ります。皮膚の厚いところでは、水虫の菌が深く入っているから、あなたの場合は半年くらいかかりますよ。塗り方は、解りました?」

「解ったよ。それでさ。水虫の足に触って、先生はうつらないのかい?」

心配してくれているのか、声が優しくなっている。思わず笑ってしまう。

「一日中、薬の塗り方を教えているのに、水虫を貰っていたら、やってられないでしょう」

「そりゃそうだ」

「私は診察が終わるたびに、手を洗うから。ご自分でも、軟膏を塗ったら手を洗ってください。消毒の必要は、ありません。薬の効果を見たいので、来週来てください」

「ありがとう」

高田さんが、感心している。

「先生の前では、おとなしいですね。先週、内科で大きな声を出して、大変でした。そういえば、先生の診察日に、あの手の人が多いですよね。どうしてかしら」

「そうなの？　別に相性がいいとは思えないけど」

夕食の時その話をすると、夫が言う。

「きみが、姉御だからじゃないの」。

歌舞伎

内科医から電話がかかる。

「赤い点が三個あるんだけど、痛いと言うから診てくれる？　帯状疱疹だと困るから」

十分ほどで、五十五歳の女性が現れる。右背部にある小さな膨らみは、まだ水疱を持っていないが、皮膚感覚の左右差があるので、帯状疱疹と診断した。この状態で紹介してくれる内科医は、珍しい。

帯状疱疹の原因は、水ぼうそう。体の中の神経節にウィルスが残っていて、免疫力が落ちると急に増える。神経痛が先に出ることが多い。深い痛みだと内科や整形外科を受診する人もいる。何日かすると、痛みが強くなり、皮膚に症状が出る。右か左の片側だけに、神経に沿って帯状に皮疹が広がる。

皮膚科を受診する頃には、いろいろな訴えがある。「腹痛で内科に行って、レントゲンや血液検査をしたのに、解らなかった」とか、「痛いから湿布を貼ったら、かぶれた」と言う人もいる。皮膚症状が出る前に診察した、医師の責任ではないのに……。

三十年位前、歌舞伎座で『四谷怪談』を観た。たまに行く機会はあるが、四谷怪談は初めてだった。お岩さんが、毒を飲まされて、美しい顔が変わってしまう。鏡を見た時の驚きが、劇場内に波のように広がる。

「お岩さんの顔は、帯状疱疹の症状だ」と、どきりとした。右側の目の周辺から額、前頭部は、三叉神経の範囲。赤黒く腫れあがった上に水疱が潰れて、恐ろしい顔になっている。昔の舞台の絵では、両目が腫れていたように思う。歌舞伎役者は自分で化粧をするので、役者本人のアイデアなのか、その家に伝わる化粧法なのかは、解らない。

今は薬で治療できるようになった。ただウィルスを殺す力はない。ウィルスが増えるのを抑える働きなので、一日も早く使いたい。早ければ、軽い症状で治るし、痛みや後遺症が残ることも少ない。

五十代の男性は、四日前に左の瞼の腫れに気付いたが、虫刺されだと放っておいたと言う。次第に皮膚症状と痛みが強くなり来院した。眼囲、額、頬、耳にも赤い丘疹水疱が広がり、左三叉神経一枝、二枝の範囲に広がっている。まず隣の眼科に依頼する。角膜に入ると視力が落ちることがある。すぐ返事があり、眼は大丈夫だが、点眼薬を出しますとのこと。耳や顔面神経麻痺を併発する可能性があるので、その間に大学病院耳鼻科に相談。土曜日だったが、入院、点滴治療を受け入れてくれた。

それぞれの科の連携ができ、ホッとしたが、治療開始が早ければ、こんなにひどい症状にはならなかったのにと思う。

黄色くなった

四歳の女の子とお母さんが来院した。

「一週間前に、主人が『真理ちゃんの顔、黄色くないか?』って言うんです。私は一日中一緒にいますから、気にならなかったけど、言われてみれば、そうかなって。『肝臓病かもしれないから、医者に行け』と言うので、小児科の先生に行きました」。

いつもニコニコしているT先生が、難しい顔をした。

「目が黄色くないし、肝臓も腫れていないけど、念のために肝臓の検査をしよう。肝臓以外で、こんなに体中が黄色くなるかな。いくらミカンをたくさん食べても、これほどにはならないよ」

「今日、検査の結果が出て、肝臓は悪くないから、皮膚科で診てもらいなさいと言われました」

と、紹介状を取り出した。

小児科医は、血液検査をしたが、肝臓も腎臓も異常がない。原因がわからないので、診察をお願いしたいとのこと。

全身が黄色いが、特に手のひらと足の裏が濃い。それなのに白目（眼瞼結膜）は白い。『柑皮症』の症状だ。カロテンなどの過剰摂取で皮膚に色素が沈着したものをいう。

真理ちゃんは、飽きてきたのでスタッフと遊びはじめる。母親に、病気の説明をした後、

「夏だから、ミカンの食べ過ぎはないと思うけれど、かぼちゃを食べるのかしら」

「いえ、野菜は好きじゃないので」

「飲み物は？」

「にんじんジュースです。この頃、そればっかり。他の飲み物は、飲んでくれない」

「あぁ、原因はそれね」

「どうしよう。野菜は食べてくれないし、にんじんなら栄養があるから、いいと思っていたけど」

「問題が二つあります。一つは、カロテンの過剰摂取。もう一つは、甘い飲み物を飲む習慣ができてしまったこと。果物を入れて甘くしているはずなので。まず、にんじんジュースを、倍に薄める。何日かしたら、もっと薄くして。目標は、甘くない水や麦茶が飲めるようにすること。出かける時も、薄めたジュースを持って行くのよ。」

「わかりました。原因がわかって、安心しました」

「T先生に、返事を書きますから、後は小児科で指導していただくのがいいと思います。皮膚の色素沈着ですから、三か月くらいかかるでしょう」。

遊びに夢中の真理ちゃんに声をかけ、二人は帰った。

半年後、三十歳の女性が、同じ症状で来院した。貧血はあるが、肝障害はない。原因は野菜ジュースらしい。バランスの良い食事をするように、話した。

格差

「ディズニーランドに行ったんだよ。お母さんに、おみやげを買ってきたんだ」

診察の後に、三年生の男の子が内緒話のように囁いた。

「そう、良かったね」

と答えると、にっこり笑って、

「ありがとうございました」

と、大きな声で挨拶して、待合室に戻っていった。

付き添いの女性は、母親ではない。児童養護施設の職員だ。

「年に一度遠足に行くんですが、ディズニーランドは初めてです。めったにないことで、皆喜んでいました。お小遣を持たせたので、買い物を楽しんだようです。自分の物を選んで、それからほとんどの子が、親におみやげを買うんです。いつか、迎えに来てくれた時に、渡したくて。どこに出かけても、そうですけどね」。

最近では、親のいない子よりも、ネグレクトや虐待のために、保護される子供の方が多いと聞く。この子が、どんな事情で入所したのかは知らないが、「お母さんと二人暮らし」と聞いたような気がする。

格差が拡大し、生きにくい世の中になったといわれる。日本のひとり親世帯の就労率は高いのに、貧困率はOECD（経済協力開発機構）三十六か国の中で二位だという。なかでも母子家庭には、非正規労働者が圧倒的に多い。収入が少ないため、母親は長時間労働をしたり、仕事を掛け持ちしなくてはならない。「疲れ果て、体を壊し、子供と過ごす時間もなかなか作れない」と嘆く、女性たちの話を読んだ。

「お母さんに、おみやげがあるよ」

と、迎えに来た母親に会える日が、私にも待ち遠しい。

婆さまの一票

雪国の山村に、選挙の日が来た。杖を突く人、車から抱え降ろされる人。老人ばかり三十四人が、集会所に集まった。投票率は、九十四パーセントだった。

集落ごとの投票箱が公民館に集められ、開票作業が行われる。

「雨が降らなくて、助かったよ。爺さん負ぶって、傘さすのは辛いからね」

終われば、村長宅での懇親会が待っている。

「じゃ、時間になったから、始めようか。」

机の上に積まれた投票用紙を、一枚ずつ開いていく。突然、

「『山川』の票がある」

と言う声。全員が棒立ちになる。

二十年以上君臨する、国会議員のお膝元。教えられた候補者の名前を、一週間前から練習させたのに、どうしたことだろう。

「誰だ?」

「診療所の先生か?」

「二か月前からだから、まだ、選挙権は無いよ」

後援会の支部長の顔が、真っ青になった。「うちの婆さまの字だ」

婆さまの財布の中から、『山川一夫』と書いたメモが、見つかった。婆さまが、「先生が書いてくれた」と言う。

四十代の医師が、駐在所に連れて来られた。

「選挙違反? 友人に、高校の先輩の『山川さん』を患者さんに紹介してくれって言われて。婆さまが、覚えられないと言うから、メモに書いたけど、これで違反?」

「参考のために言っときますが、名前の後に『さん』とか『様』を付ければ、違反にならないんです」

「はぁ、そういうもんですか」

「今日は、これで終わります。先生を勾留すると、無医村になっちまうんで」。

方言

那覇空港を飛び立ったＹＳ－11が、珊瑚礁の島、久米島に着陸した。五十年前の夏、沖縄の無医村健診に参加した。

医師四人と看護師、検査技師、事務担当など、二十人のグループ。集会場に、血圧測定や採血の検査スペースと、四組の机と椅子の、診察スペースが作られる。那覇の看護学校の学生五人も加わり、四日間の仕事が始まる。

年配の人たちが、次々とやってくる。日焼けした顔に、深いしわが刻まれている。がっしりとした体つきから、屋外で活動していることがわかる。年齢は、一目見ただけではわかりにくい。大きな声で話し、笑い、元気いっぱいに見えるが、言葉は全く理解できない。お年寄りは、土地の言葉しか話さないのだそうだ。まるで異国に来たようだが、こちらの言うことは、解る。そこで、医師に一人ずつ付いた看護学生が、通訳を務める。

「膝が、痛い」

「右足が、しびれる」

「背中が、痒い」

「どこも悪くないけど、毎年楽しみで」

島の産業は、農業と漁業。昔は、米作りができる土地だったが、アメリカの統治下で砂糖キビが推奨された。若い人は、仕事を求めて島を出ていく。それでも、お年寄りたちは、働き者で元気だ。昼休みに近くを散歩する。強い日差しが照り付け、人影はないが、どこかの家から機織りの音が聞こえてきた。

この健診は、十年続いているらしいが、来年、島に診療所ができるので、今回が最後だという。

三日目になると、通訳が無くても相手の言うことが解るようになる。自分では話せないが、リズム感のある言葉の中にいると、東京の言葉が、味気なく感じる。

旅支度

どの本を持って行こうかと迷うのは、出かける前の楽しみでもある。年に一、二度、京都か奈良へ行く。出張の一人旅。新幹線に乗ったら、すぐに本を読み始める。

家族や友人との旅行も楽しいが、一人のほうが、好きかもしれない。ホテルを二泊予約し、台所の連絡板に書く。子供が小さい時は、実家の母が預かってくれたが、高校生になれば、心配がない。夫が息子に、「カレーを、作ってくれ」と、言うのが聞こえる。主婦業が休みの、貴重な時間を貰う。

普段着ているスーツと、組み合わせのきく着替え、歩きやすい靴。書類。困るのが、手土産。デパートに行けば、どこでも、東京の物が買える。東京會舘のプティフール、銀座ウエストのドライケーキ、塩瀬の和菓子のどれかにする。扱っているのは関東だけと聞いたからだが、最近は違うかもしれない。

仕事の段取りを決める時に、半日の自由時間を作る。京都は、三時間あれば二か所に行かれる。奈良は、JRか近鉄の駅から、バスやタクシーに乗っても、時間がかかる。スーツに書類かばんの格好で、長谷寺の四百段の回廊を登る。それも無理なら、博物館に行き、ホテルに戻って、読書三昧に。

手土産を渡し終わると、帰る時になる。三冊目の文庫本を、読み終わった。新幹線に乗る前に、本屋に寄ろう。

どこに住んでるの

五十代の中肉中背の男性が診察室に入って来た。途端に、悪臭が鼻をついた。服はあちこち擦り切れ、汚れて元の色がわからない。

住所の無い人は、健康保険も生活保護も受けられない。ホームレスの人が診察を受けたいと思えば、福祉事務所に行き、この病院の受診券を作ってもらう。治療費は、病院負担だときいているが、初めての経験だ。

椅子にドシンと腰掛けて、言う。

「体じゅう、痒くてさぁ」

「いつからですか」

「二週間くらい」

「顔は、三日位かしら。今朝から腫れてきたでしょう」

「えー、どうしてわかるのさ」

服を乱暴に脱いで、脱衣かごに放り込む。からだに、慢性湿疹と思われる紅斑と掻き痕がある。疥癬、シラミ、ノミなどの症状ではない。薬は服んでいないし、他に悪いところはないと言う。ベッドに寝てもらい、肝臓が腫れていないことを、触診で確認する。問題は、顔、頸部、両耳と両手から前腕の肘近くまで、強い紅斑と腫脹。

「銀杏を拾ったでしょう。それを洗ったのかしら」と訊くと、

「えー、どうして」と、また同じことを言う。『銀杏皮膚炎』の典型的な症状である。触れた手だけでなく、揮発性があるので、顔も腫れる。アレルギー反応なので、来年は今回よりも，早く強く症状が出ると伝える。

「銀杏は、結構いい値段になるんだよ。仲間の知らない穴場を見つけたから、今年はたくさん採れたのに」と、残念がる。

ステロイド内服薬を使って治療したいが、躊躇してしまう。きちんと服用してくれるだろうか。効果があるだけに、「もう、いいだろう」と、中断してしまうのが怖い。

結局、抗アレルギー剤内服と、ステロイド外用剤を、強い薬から弱いものに切り替えて使うことにする。

患者さんに鏡を持ってもらい、薬を塗る。「軟膏をこういうふうに、そっと伸ばします。ゴシゴシと擦り込まないこと」

「うん、わかった」。

カルテを書いている間に服を着て、おとなしく座っている。住所欄の『新宿区住所不定』が、気になる。

「どこに住んでるの？」

「西口公園」。

西新宿の地下道や西口公園には、段ボールの上で寝起きする人が、大勢いた。超高層ビルが次々と建ち、東京都の新庁舎建設も進んでいる。好景気でも働けなくなって、路上生活になる人が多いが、自ら仕事や家庭を捨てて、この生活を選ぶ人もいると聞く。この患者さんに、どういう経緯か尋ねることはできない。一週間後の診察の約束をして退室する。

看護師の高田さんは、窓を全開にし、消毒用アルコールをベッドと椅子に撒いて、拭いたタオルをゴミ箱に投げ込んだ。私は、手洗い後、医局に駆け上がって白衣を変える。次の患者さんが、臭いに気づかないように。

一週間後、開けた窓の前に衝立を置いて、名前を呼ぶ。さっぱりと別人のようになって現れた。皮膚症状も改善している。

「良くなりましたね。でも、どうしたの？　見違えるよう」

「銭湯は入れてくれないから、シャワールームに行った。福祉事務所で貰った服を着た。だって、悪《わり》いからさぁ。この前ん時、嫌な顔しなかっただろ。触って診察した医者も、初めてだったしさぁ」

かすかに石鹸の香りがしたように思うが、気のせいかもしれない。

けじめ

会社員には定年があるが、自営業者は自分で決めなければならない。

「何歳まで働こうかな。六十五くらいか……」クリニックを始める時、そう言うと驚かれた。「開業医に、定年は無いのに、辞めることを考えるなんて」と。四十代の私には、充分な年齢に思えたのが不思議だ。確かに、祖父は八十歳になっても、数人の患者さんを診ていた。話を聞き、血圧を測り、薬を処方する。ゆったりした、微笑ましい光景だが、父がいるからできることで、後継者の無い私には当てはまらない。

しっかりしているつもりでも、老いは確実にやってくる。

「『私が呆けてきたら、言ってください』と、先輩医師に頼まれたが、やっぱり言えなかった」と、友人は嘆く。医師のミスは、命にかかわると思うと恐ろしい。

開業したから、すぐに大勢の患者さんが来てくれるわけではない。読書三昧の日々。陽当たりが良く、手入れが行き届いたシクラメンの花が、見事に咲いた。「二年で採算が取れなければ、勤務医に戻る」と決めていた。

スタッフに恵まれ、順調に患者さんが増えた。皮膚科は季節変化が大きく、夏は忙しい。十年経つと、受付終了の六時直前、仕事帰りの人が飛び込んで来て、診療が終わると八時。私だけでなく、スタッフ全員が疲れた。皆、主婦なので、家庭にも影響が出る。診療時間を短縮した。それでも、徐々に体力の衰えを感じると、七十歳間近。開業二十年になろうとしている。仕事は好きだが、元気があるうちに、やめようと思う。介護が必要になった家族のために、退職したいと言うスタッフの声が、引き金になった。

準備を始めて三年。最終的には、患者さんの紹介、スタッフの転職先も決まり、閉院できた。

晩年

自分の意志で仕事をやめた時、「まだ、働けるのに、勿体ない」と、お世辞混じりに言ってくれる人と、「これから何をして過ごすつもり?」と、本気で心配してくれる人がいた。

仕事が好きだった。やりがいを感じたし、そのための勉強も、苦にならなかった。「良妻賢母」とは、恥ずかしくて言えない。息子が幼稚園の時に、「友達は、ママが迎えに来るのに、家はどうして違うの?」と、聞かれたことがあった。朝は、幼稚園と同じ構内にある大学の女子学生に、アルバイトがてら送ってもらった。私の都合の良い日以外は、パートのおばさんが迎えに行って、夕方まで面倒をみてくれていた。

「ママは、あなたが生まれる前から、仕事をしているからよ」と、答えると、「ふぅん、そうか」と、納得していた。

退職後に一番やりたいことは、夫と旅行することだった。皮膚科のクリニックは、春から忙しくなり、夏がピーク。私の都合で、秋にしか行かれなかった。「これからは、良い季節に」と言っていたのに、夫の体調が悪化した。一年で逝ってしまった。

五年間の保管義務があるカルテの搬出。医療機器の処分。内装を全部解体する工事。様々な届と残務整理。開業も大変だったが、閉院にこれほど手がかかるとは思わなかった。忙し過ぎて、悲しんでいる暇がなかった。ただ話し相手がいないのが、寂しい。

新しい勉強を始めて、挑戦の日々にしたい。

あなたの声

アクリル板を挟んで向かいの椅子に、七十二歳の男性が座る。

「お薬手帳、忘れちゃって、取りに戻ると間に合わないし。受付の人に聞いたら、『先生に相談してください』って言うから」

「薬の名前は、覚えていますか」

「ずっと同じ薬だけど覚えられない。二日分くらいならあるかも」

バッグをかき回して、小さなビニール袋に入った薬が出てきた。

「血圧と糖尿、胃の薬ですね。他に血液をサラサラにする薬は？」

「無い、無い。これで全部だよ」

アレルギーのないことを確認して接種ＯＫのサインをする。

二〇二一年五月下旬から、新型コロナのワクチン接種が、一般の人に始まった。六年前に、皮膚科のクリニックを辞めている私だが、何か手伝いをと思い、集団接種の問診をすることになった。

七月の土曜日に、市で一番大きい会場の体育館。予約は六百人。医師五人、看護師十七人、薬剤師三人、案内・受付・誘導などを担当する三十三人、合計五十八人が働く。高齢者と基礎疾患のある人が対象の時期なので、薬を服用している人が、圧倒的に多い。

「調子は良いのに、こんなに薬を飲む必要があるでしょうか」と、お薬手帳を示して聞く人がいる。

「昔は、いくつかの粉薬を混ぜて一包の薬でしたけど、錠剤は何ミリかの薬が一種類、どうしても種類が多くなります。主治医の先生に相談してください。絶対に自分で止めないでね」

予防接種とは関係のない質問にも振り回されて、時間がかかる。

九月下旬、久しぶりの問診。体育館での集団接種は今月で終わり、以後は小規模な

会場と医療機関で行われる。朝の打ち合わせで、

「今日の予約者は八百名です。よろしくお願いします」

働く人数は同じ。

「えっ」と思ったが、始まってみるとスムーズに進む。受ける人が、中高生から三十代くらいで、薬を飲んでいる人が少ない。二回目接種の人が、約三割。質問に対する反応も、移動する動作も早い。若いとは、こういうことか。ただ、副反応を心配する人が比較的多い。

「花粉症や食事のアレルギーがあっても、ワクチンにアレルギーがあるわけではありません。注射後の変化があれば、対応する医師がいます。心配でしょうから、観察時間を三十分にしますね」

「腕の痛みが何日か、熱の出る人もいます。薬はありますか」

「はい」と、笑顔が返ってくる。

新型コロナ感染症の発生が国内でわかったのは、二〇二〇年一月。

感染が拡大すると、コロナ病床を持つ病院では、重症患者が次々に運び込まれ、医師も看護師も検査技師も補助スタッフも、疲弊した。

四十代の内科医T医師は、開業して七年。忙しく働いていた。コロナ感染者が増え、診療を控える人が多くなる。患者数が減るのは、他の医院と変わらない。DMAT（災害派遣医療チーム）の一員なので、クラスターが発生したダイヤモンド・プリンセス号の患者の診療にも参加した、感染症の専門家でもある。四月に区の医師会が開設した、PCRセンターでも働く。

「金髪のホストが大勢来たよ。半分が陽性だった。一人一人はいい子なんだけど、『夜の街』と白い目で見られて。かわいそうに」

それを知った患者さんが、また来なくなる。クリニックは閑散とした。

ある日、近所の店に昼ごはんを買いに行くと、

「先生がコロナの患者を診ていると言って、嫌がる客がいるので、遠慮してください」と言われた。

「これには、めげたよ。この頃は電車に乗って買いに行くんだ。中学の同級生がやっている店だから、事情を話して『行ってもいいかい？』って。そうしたら『当たり前だろ。みんなが頼りにしているんだから、来てくれよ』と言われて、嬉しかったなぁ」。

医療従事者は、新型コロナの患者や、感染の可能性がある人に接するときは、防護服、帽子、マスク、フェイスシールド、手袋を身に着けている。保育園で「他の保護者から、預からないでほしいと言われる」と断られて、子供の行き場がないために、仕事ができなくなった看護師もいた。心無い言葉を口にする人も、悪気があるわけではない。自分や家族が感染したら、世話になる人だと分かっていても、ただただ怖いのだろう。

「開き直って、駐車場に発熱外来を作ることにした」と、T医師。

「さすが」と、感心した。

第四章　夫の贈り物

奥行き

外科医は、器用な人がなるのだと、思っていた。

「先生の手術は、上手くて速い」

と、夫の後輩たちが言う。我が家の家庭料理を食べながらの会話なので、当てにならない。一緒に暮らしていると、不器用ではないが、ごく普通に見える。

医学部で学ぶことは、多い。生理学、病理学、解剖学など基礎医学の後、内科、外科、耳鼻科、眼科、産婦人科……。全科目が必修で、一つでも落とすと進級できない。厳しいが、本当の勉強は、医師になって、患者さんに接して覚えるしかない。どの仕事でも、同じだろうが。

夫は、大学病院と出張病院で十七年働き、四十二歳で国立病院に移った。大学の関連病院なので、若い医師が二、三年交代で来る。医局員が少ないから手術の機会が多いと、皆張り切っている。

「明日の胃癌の手術は、○○術式でやるから、勉強して来いよ」

と、声をかける。自分でも今までの手術記録をチェックしてから、休む。

翌日の手術は、順調だった。それでも、体格や病状が違えば、教科書のようにはいかない。とっさの判断がいる。それを学ぶのが、経験。

「簡単なことに、手を抜くな。器用さに頼るな」

と、言っているらしい。

「来週も、予定はいっぱいだ。日曜に飯《めし》、食《く》いに来るか」

「はーい」。

本屋

携帯電話の無い頃、夫と待ち合わせるのは駅の近くの本屋だった。私が遅くなった時、夫を探すのは簡単だ。旅行の本や雑誌、カメラやパソコンの雑誌がある場所を見回せば、すぐに見つかった。

逆の場合は、大変だったかもしれない。本好きの私にとって、本屋は「ワンダーランド」だから、店の中のどこに行っても楽しい。平置きした話題の本から、書棚に並ぶ新刊、懐かしい本。小説から、歴史書、科学分野まで歩き回りながら、ついつい読み始めて、時を忘れる。「なんだ。こんな所に、いたのか」と、呆れた顔をされることもあった。

町の本屋が少なくなり、特に地方都市では、「町に本屋さんが、一軒も無くなった」という記事を読んだ。幸い私の町には、駅の周辺に五軒の本屋があるので、不便な思いをすることはないが、そのほとんどが大手のチェーン店で、個人経営の店は一軒だけになった。

「大学生でも本を読まない」など、読書離れが言われて久しいが、本を読む人でも、ネットで購入する人が多くなった。確かに便利な方法だが、私は本屋に足を運び、手を触れて選びたい。まず少し読んでみる。二、三行読んだだけで、「いやだな」と思う文章の時は止める。理由は分からないが、翻訳ものに多いような気がする。あとは楽しむだけ。毎日でも、本屋さんに通いたい。

結婚

その結婚披露宴は、なんとなく変な雰囲気を感じた。親戚の娘は、ウェディングドレスのモデルのように美しい花嫁だし、長身の花婿とお似合いの二人に見える。花嫁の父は、機嫌が悪いが、嬉しそうな父親は、あまり見たことがない。

「お婿さん、いくつ若いのかしらね」

と、隣の席の叔母が言う。ちょっと意地悪な言い方が気になるが、不自然な程の年の差とは思えない。

「結婚を止めるって、言ってた時もあるのよ」。

一年後、離婚したと聞いた。理由は知らない。

二年ぶりに会った母親が、

「元気にしているけれど、一人娘だから心配で」

と言う。無理をして一緒にいる必要はないと思うので、

「好きな仕事があるんだから、一人でもいいんじゃない」

と答えると、

「じゃあ、あなたのご主人は、どうなの」

と訊く。

「三十年もたつと、腐れ縁かしらね」

と答えて、呆れた顔をされた。

改めて、夫の存在価値を考えることになった。我が家では、公共料金、子供の学費、その他大きな出費は夫。諸々の生活費は私。義父の残した多額の借金は、二人で返済している。アメリカ留学で、貯金を使い果たし、二人で働いて何とかなる経済状態の我が家なのに、大きな家が建つほどのローンを相続することになった。厳しい。

義母と三人で話をしている時、夫が突然訊いた。

「私が浮気をしたら、どうする？」　私は、即答する。

「『のし』付けて、上げるわ。借金も付けて」

義母は、大笑いする。

「お願いだから、私のところに戻さないでね。私がママと暮らすから。ねえ」。

「そうしましょ」

この二人の意見が一致したら、夫に勝ち目は無い。

夫は明るく、やさしいので、看護師たちに人気があるらしい。ただ、思い込みが強く、自分の考えを強引に主張することがあるので、少々面倒くさい人でもある。

互いの仕事の話はするが、意見をすることはない。よくおしゃべりをする。ニュースや日常の出来事を話しているうちに、仕事の様子もわかる。子供が成人して、二人での旅行が増えたので、また話題が拡がる。話し相手のいる楽しさを与えてくれるのが、一番だろうか。

あの花嫁は、再婚して十年になる。幸せに暮らしているらしい。

指輪

指輪をする習慣は、なかった。両親から、成人祝いにオパールの指輪をもらったが、友人の結婚式に、和服を着てつけた一回だけ。

エンゲージリングは、義母が知り合いの宝石店から、五種類の指輪を借りてきた。義母はセンスの良い人なので、どれも素敵だ。角ダイアのモダンなデザインが気に入って決めた。そういえば、披露宴の食事も、引き出物も、義母に決めてもらった。貸衣装の打掛を選ぶ時だけは、無理矢理、連れて行かれた気がする。なにしろ忙しくて、結婚式の前日まで仕事をしていた。

結婚指輪は、なぜか嬉しかった。新婚旅行から帰ると、日に焼けた薬指に、指輪の跡がついているのが、新鮮だった。ただ、仕事に戻ると、指輪は邪魔になるだけ。外来診療の間の検査や小手術の時は、その都度ブラシで手洗いをして、滅菌グローブをはめる。当然、指輪と時計は、外すことになる。二か月もしないうちに、指輪は行方不明になった。白衣のポケット、バッグの中など、いつも入れるはずのところに、無い。三週間たっても見つからないので、夫には内緒で作り直した。仕事に行く時に指輪をしなくなると、他の外出にも忘れるようになる。

一年後、夫の手を見て、違和感を覚えた。

「手術室で指輪を外したら、失くしたから作り変えた」

どうりで、ラインが少し違って見えた。

図書館

「大きい子の本は、向こう側。絵本は、ここにあります。子供たちは絨毯に座ったり、寝たりして、本を楽しんでいます」。市の図書館を、四十歳くらいの女性が案内してくれた。書棚が低いので、部屋が余計広く見える。少しぐらい声を出しても、大人の閲覧室に迷惑をかけることは、なさそう。

一九七五年、夫がカリフォルニア大学サンディエゴ校で研究することになり、一歳半の息子を連れて渡米した。住むことになったのは、サンディエゴの北二十キロ郊外のラホヤ。海が近く、緑が多く、治安が良い。高級住宅地として有名で、私たちが住める所ではない。ただ丘の上にある大学に通う、学生用の安い部屋もあるという。

一ドル三百円以上の時代。夫がアメリカ大使館にビザの申請に行くと、「この奨学金では、一年どころか三か月位しか暮らせないでしょう。預金の残高証明を持ってきなさい」。証明書を提出して、ようやくビザがおりた。日本の奨学金と預金を切り崩して、ぎりぎりの生活をしなければならないが、二人とも「何とかなる」と思っていた。義妹が銀行の外為課に勤務していたので、レイトの良い時に換金して振り込んでくれることになった。

同情した教授が、「学生用だけど」と勧めてくれた、ワンベッドルームの小さな家を借りた。病院はダウンタウンにあるので、夫は車で通勤する。七時半には、皆でコーヒーを飲んだり、おしゃべりをして、八時から仕事。毎朝七時に、昼食のサンドイッチを持って出かけ、夕方五時半に帰宅する。子供と遊ぶ時間がある生活は、日本では考えられなかった。

買い物と洗濯は、週に一度。夫が休みの日に車で行く。スーパーマーケットの駐車場に入れ、まずコインランドリーで、洗濯物を放り込む。買い物をして戻ると、ちょうど乾燥も出来ている。スーパーの駐車場で、車をロックしないのが普通。「ダウンタウンなら、車は十分でなくなる」と、夫が言う。

図書館に登録するには身分証明が必要だと思うが、まだ運転免許を取っていないので、パスポートを持って行く。受付の人は笑って、「これは、しまってください。この地域に住んでいることがわかれば良いので、あなた宛ての手紙を、二通持ってきてください」とのこと。開館時間は、毎日九時から夜九時まで。都内の図書館は、五時で閉まっていたのに。

サンディエゴは、メキシコとの境でもある。国境警備隊がいても、金網の部分を抜けて不法入国する人がいるらしい。「住む家があれば、図書館に行かれる」と言われたら、私も国境を越えるかも……とつぶやいて、夫に笑われた。

包丁

食卓の皿をどかして、まな板を置き、人参を切って見せることになった。

四十年前、カリフォルニアの小さな町で、暮らしていた。アメリカ人の友人達は、手をかけて作った肉料理ではなく、サラダに注目していた。材料は、スーパーで買った人参ときゅうり、中国人の店で見つけた貴重な大根。マッチ棒くらいの千切りにして、ドレッシングであえただけなのに。

「これは、何で切ったの？　スライサーではないでしょ」

「ナイフよ」

と答えても、口々に「信じられない」と言うので、実演することにした。まな板の上で薄切りにした人参を何枚か重ねて、トントントントンと、包丁で細く切る。「ワンダフル」と手を叩かれても、喜んでいいのかわからない。誰でもできると思っていたが、違うらしいと気づいた。

そういえば、友人のリズの家には、まな板がなかった。セロリは、スライサーで薄切りにし、きゅうりは、ナイフで削る。子供のために、りんごを切るのは、皿の上だ。カリフォルニアのりんごは、小さいが甘みと酸味があっておいしい。彼女の娘は、皮を剝いたリンゴが好き。同じ二歳のうちの息子は、皮ごと食べるのが好き。リズが、

「いい子ね」

と笑いながら、丸ごと渡してくれると、大きな口を開けて齧った。

帰国後住んだ家の、小さなダイニング・キッチン。庖丁入れは、流しの下の扉の内側に、差し込むようになっていた。手元が狂って、「あっ」と足を引くと、ちょうど足があったあたりに、包丁が突き刺さって、プルプルと震えている。

「私の反射神経も、まだ健在だわ」

「やめてくれ。心臓に悪い」

と、夫が叫んだ。

外国人労働者

気に入ったデザインの椅子を見つけたが、色が濃すぎる。椅子を買おうと入った家具店でのこと。

「何か、お探しですか?」

と、声がかかる。三十歳くらい、東南アジア系の人に見える。

「違う色があるはずですから、調べます」

と、パソコンに向かう。

「在庫がありますから、持ってきますね。実物を見てください」

アクセントが少し違うが、きれいな日本語を話す。どのようにして、学んだのだろう。

日本で働く外国人の多くが、借金をして来日し、アルバイトをしながら、日本語学校に通うと聞く。言葉や字や日本の文化を学ぶことは大切だと思う。仕事に役立ち、地域社会に溶け込める。低価格で学習でき、学ぶ時間がある働き方。両方が無ければ、実現しない。

四十年前。カリフォルニアのサンディエゴ郊外の町に住んだ。スーパーで買い物をするときに、車をロックしない人が多い、治安の良い、のんびりした地域だった。引っ越して間もなく、隣の家の女性が、市が主催する成人学級を、教えてくれた。

「私は絵を習っているけど、英語のクラスもあるわよ」

歩いて五分ほどの公立高校、ラホヤ・ハイスクールの教室で、七時から始まる。夫は、朝八時から大学の研究室に勤務するが、六時には帰宅する。一歳の息子を預けて、行くことにした。

申し込みに行く。パスポートはあるが、車の免許をまだ持っていないので、住所を示すものが無い。

「あなた宛ての手紙を、二通持って来てください。それで市内に住んでいることが解りますから」

　それだけで手続き終了。費用は要らないという。生徒は、二十人ほど。メキシコ、東欧、北欧、アジアと、国も年齢も様々。仕事が終わると集まって、賑やかに勉強していた。

　見本の椅子を見ると、希望通り。支払いをして、配送の手配をする。その間に、三人の店員が書類を持ってきた。彼女は、それぞれに的確な指示を出す。

「ありがとう、グエンさん」

　と言う人がいた。

「あら、ベトナムの方？」

「どうして、わかります？」

「有名な、お名前だから」

　彼女は、にっこり笑った。

つじつま

「四月から、立川になったよ」

「じゃあ、車で通勤かしら」

「そうだね」

帰宅した夫との、さりげない会話。実は深刻な表情を隠そうとしているのが、見えみえだった。

大学の教授選に負けたとは、自分で言っていた。残念だったねと慰めたが、案外平気な顔をしていたので、その先のことは心配していなかった。大学病院では、診療だけではなく、学生や若い医師への教育、研究論文を書くという三つの仕事がある。その内容については、専門の違う私には解らないが、明るくて飾り気のない性格は、多くの人に好かれると思う。看護師や検査技師、事務の人にも優しいのは、良いところだろう。ただ気になるのは、（本人は気づいていないらしいが）、少し思い込みが強く、人の好き嫌いがあること。気楽なお付き合いならよいが、間に入って調整してくれる人がいないと、人間関係がうまくいかない時があるかもしれないと、心配になる。大学を退職しても、地方ではなく、以前にも勤めた関連病院で働けるのは、幸運なことだろう。

数日後、

「退職金で、車を買うぞー」

と言いながら、帰ってきた。この顔。車種を選び、契約を済ませてきたに、決まっている。家計を預かるものとしては、ローンの返済に使えたら助かるのにと思うが、黙っていることにする。

「いつ、納車なの」

「一か月後だよ」

「やっぱり」

カメラやパソコンが、時々新しくなるのはわかっている。今回の心の傷を埋めるには、大きなご褒美が、必要だったらしい。

届けられた濃い緑色のセルシオは、我が家の駐車スペース、ギリギリの大きさ。

「格好いいだろう」

と、ご満悦。

それから十五年間、後輩のＩ先生に助けられ、良い仲間に恵まれて働けたのだから、文句は言えない。

砂

二〇〇一年十月三日。アメリカの同時多発テロ直後なのに、八日間のエジプト旅行を決行した。「旅行会社が中止しないなら、行こう」の、夫の一言で。

セキュリティーチェックは、驚くほど厳重だ。空港は勿論、航空会社もスーツケースを開けさせて、確認してから荷物を積み、ボディチェックをした。成田から直行便で二十五時間。マニラとバンコックを経由して、カイロに着いたのは現地時間の午前五時。まだ真っ暗だった。入国審査を終えて、ホテルへ。そこにも金属探知機があり、ロビーでスーツケースを開けて、チェックした。

ツアー客は、二十人。キャンセルしたのは一組だけだと言う。旅慣れた人ばかりのように見える。八時半、ロビーで休憩しただけで、配られた水のボトルを持って観光に出発する。外に出て、びっくり。目の前に、ピラミッドがそびえている。ギザの砂漠が、カイロの町からこんなに近いとは、思わなかった。スフィンクスを見て、クフ王のピラミッドの内部に入り、ラクダに乗る。「小学校の教科書を見た時からの憧れの地だぞ」と夫は喜ぶ。

昼食後、「時間があるので、エジプト考古学博物館に行きましょう」という添乗員の提案に、皆、拍手をしてバスに乗り込む。ツタンカーメンの黄金のマスクに代表される見事な埋蔵品。宝飾品から、家具、彫像、ミイラまで、膨大な数の遺物が飾られている。

翌日は、モーニングコールが二時半、荷物を出し、食事をして四時出発。六時の便で、空路ルクソールに飛ぶ。誰も文句を言わず、遅れる人もいない。上流から地中海に至るナイル川沿いの遺跡が、五千年の歴史を表す。ルクソールでは、東岸のカルナック神殿の巨大な石柱と彫刻に、圧倒される。王の力を誇示する『生者の世界』。西岸は、『死者の世界』。壮大な葬祭殿や、ツタンカーメンをはじめ六十以上の墓がある『王家の谷』。今も、砂に埋もれた墓や建物の跡の研究が続く。強い日差しが、ジリジリと照り付けて、リュックに入れた一リットルの水のボトルが、すぐに空になる。エジプトの国土の九十パーセント以上が砂漠だということが、納得できる。

翌日は、五時起き。観光バスも自家用車も集合して、車列の前と後ろに警察車両が付いて、アスワンに向かう。途中、県境で警備車両が交代した。どこに行っても、観光客より、銃を抱えた警備の兵隊の方が多かった。

ナイルの上流、エジプトの南端に近いアブシンベル神殿まで行く。アスワンハイダムの建設で、水没する可能性があった。ユネスコの働きで、移動する工事が行われた、美しい巨大な遺跡に感動する。

神殿や墓の壁面には、レリーフが残されている。ヒエログリフ（象形文字）と、神々の姿、作物や貢物、働く人々が描かれている。そして勇敢に戦う王の姿、敵の捕虜。いつの時代も、人々は戦争をしてきた。

十月七日夜、アメリカのアフガニスタン攻撃のニュースが、入って来た。観光客は外出禁止になり、八日はホテルのプールで時間をつぶした。添乗員は、翌日の飛行機が飛ぶかどうか、必死になってあちこちに電話をしていた。もしキャンセルになれば、エジプト航空以外のルートを探さなければならない。

幸い予定通りに、帰国することができた。

時間

十月のニュージーランドは、春の盛り。プリムラ、チューリップ、石楠花、桜まで咲いている。体調が悪いのに、「どうしても行く」と言った夫だが、顔色も良くなった。

オークランドのある北島は温暖な気候で、農地や牧場が広がる。「羊があんなに、たくさんいる」と、騒いだツアー客も、何も言わなくなる。羊や牛の数が、人口の何倍もあるのが、実感される。温かい陽ざしの中、のんびりした気分になる。

三日後、フェリーで南島に渡ると、大自然の厳しさが身に染みる。三千メートル級の山が連なり、手つかずの雄大な森が残る。夫はトレッキングを楽しみにしていたが、巨木の下にシダや苔の茂る道を、二十分ほど歩いただけで、息切れがして諦めた。クイーンズタウンから、バスで五時間かけて、ミルフォードサウンドへ。氷河が削った入江を、観光船で進む。海面からそそり立つ山から、滝の水が降り注ぎ、乗客はびしょ濡れになる。帰りは、幸いセスナ機に乗れた。雨や霧や大風で、月に数回しか飛行できないという。渓谷から雪の山を越え、三十分でクイーンズタウンに戻った。

五十歳からC型肝炎の数値が上がり、やがて肝硬変に移行。六十五歳頃には、肝臓癌の腫瘤が触れたが、自覚症状はない。七十歳になる頃には、体重が十キロ落ち、疲れやすくなったが、出勤日を減らして仕事は続けていた。貧血が出ていると思うが、消化器外科専門医の本人が何も言わない。同行する私も、吐血や大出血があれば、旅行中に死亡するかもしれないと、覚悟して出てきた。

余命とは、残された時間であり、与えられた時間でもある。どうやら無事に帰国できそうだ。あとのことは、また考えよう。

空白

「積極的な治療はしないで、人生を全うしたい」と、夫は言う。医者の言うことか？

二十七歳の時、C型肝炎で、半年入院。全快後は、外科医として忙しい毎日を送っていた。仕事に出かければ、何時に帰るか、解らなかった。健康診断では、異常がない。

五十歳。慢性肝炎がわかる。現在のような抗ウィルス薬はない。

「思いっきり仕事をしたいから、病院には言わない。君の所で検査してくれ」。仕方がないので、三か月ごとに私のクリニックで検査した。正常値になることはないが、診察、手術、後輩の指導と、働く。電話があれば、夜中でも病院に駆けつけた。六十五歳の定年まで、周囲の誰にも気づかれなかった。

退職後は、週三日平塚の老人病院に勤務する。元気に見えるが、肝硬変に進み、やがて、上腹部に腫瘤を触れる。痛みは無いが、疲れやすくなり、体重が減った。五年後、通勤がつらくなり、退職。昭島市の病院に移る。

「痛みが出たら、緩和治療を受けるが、最後まで家で過ごしたい」と言う。

「クリニックを閉院することにしたから。できるだけ協力する。でも、家族の『死亡診断書』は書けないから、書いてくれる人を探して」

二〇一三年十月。ニュージーランド旅行。貧血が強くなり、顔色が悪い。歩くのも遅くなったが、どうしても行きたいと言う。最後の旅行になった。七十歳。家族や弟妹を招待して、古稀のパーティーをする。痩せて顔も変わったため皆が心配したが、「体調が悪かった」と言うだけで、病名は告げなかった。

翌年五月、仕事中に高熱が出て、緊急入院。肝臓癌がわかってしまう。五日で回復。毎日車を運転して病院に行き、診療をする。今までと変わらない生活。

十一月末、体調が悪く、休む。食欲が無く、飲み物だけの時や、ウナギが欲しいと、しっかり食べる時もある。十二月十四日、吐血。翌日入院。発熱を繰り返すが、輸血により改善し、一月二十六日退院。先輩の吉澤先生が主治医になってくれた。

「先生方が、我が儘を聞いて、点滴や輸血の消極的な治療のみで、見とってくださる」と、感謝している。仕事も減らしてくださったようで、元気になると、楽しそうに出勤する。吐血をしては、その度に入院するが、世話をしてもらうと、「ありがとう」を欠かさない。好きな食事を持って行っても、病院食があるからと、口にしない。

七月六日、病院内で転倒。顔面打撲と下肢痛で歩けず、事務職員二人に送られて帰宅した。ほぼ寝たきりとなったが、クリニックを閉院したので、世話に困らない。食事は摂れるが、下血が続く。二週で上半身を起こせるように、三週でシャワーをする。

七月末、食欲が無くなる。貧血が強く、辛そう。入院するか尋ねると、「もう帰って来られないからな」と言う。八月二日に吐血、三日に入院する。吉澤先生の診察を受け、安心したと言う。十二日には意識が朦朧としてくる。スイカを切って持って行き、つぶしてジュースを吸い飲みに入れると、飲んでくれる。「おいしい」と、つぶやく。「明日も持ってくるね」と言うと、「ありがとう」という返事。毎日、スイカジュースを作る。二、三回に分けて、五十ミリリットルほど飲む。十九日には、ウトウトして声をかけると、かすかに反応するだけ。二十一日に、眠るように永眠した。自分で選んだ生き方とはいえ、迷いや怖れはあっただろうが、不安や苦痛を訴えたことは、一度もない。去りゆく者の覚悟ができていると、残される者の覚悟を、思い知らされる。

宅配便

秋になると、カボスが送られてくる。さわやかな香りと、たっぷりの果汁で、和・洋・中華のどんな料理にも使える。

十二、三年前、初めていただいた時は、段ボール箱に、オレンジくらいの大きなカボスが、四十個も入っていた。いくら好きでも、あまりにも多いので、サークルの仲間に配った。「今夜は、お鍋にするわ」、「お魚に搾るのが好き」、「焼酎で割るのが最高」。なかには、「松茸は、付いてないの？」と言い出す人もあり、「付いてるはずがないでしょう」と、大笑いになった。

その後も毎年送ってくださったのは、夫の仕事の関係の方で、「二十年ぶりに、また、こちらの担当になりました」と、再会を喜んでくれたらしい。私が礼状を書いて、蜂蜜を送り、あちらの奥様から、礼状が届いた。

五年前、ご主人の訃報とともに、カボスが送られてきた。初めて知った奥様の名前宛に、お悔みと「御仏前」のお線香を送った。

その後も、カボスをいただき、蜂蜜をお返しして、礼状をやりとりした。

一昨年、夫が亡くなり、喪中はがきをご覧になった奥様から、お悔みの手紙とお線香が届いた。書き始めた礼状をやめて、電話をかけた。一度も会ったことがないのに、お互いの名前を知った二人の会話が続いた。

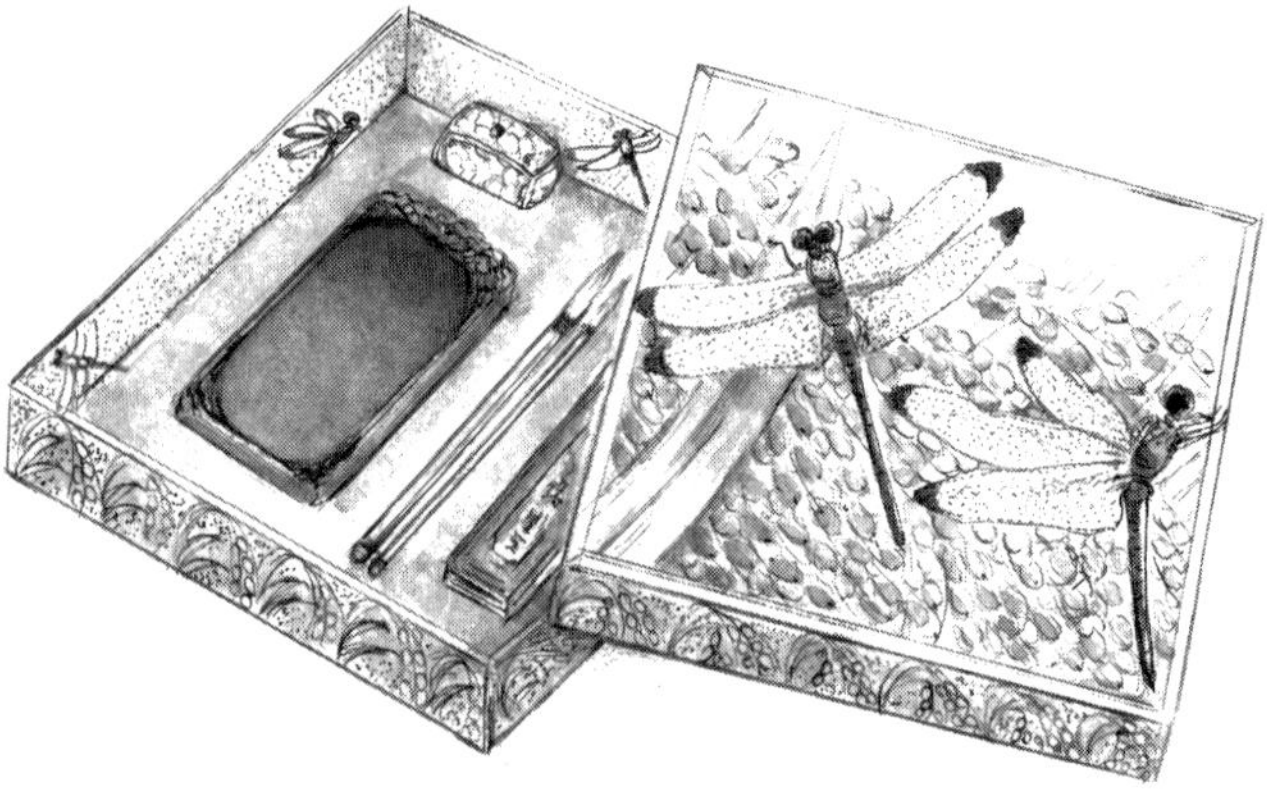

第五章　明日香逍遥

蛍

タクシーを降り、門までほんの三、四分。人の姿はないのに、どこかで見られているような気がして、緊張する。鼠色の瓦屋根の大きな家。入口の引き戸が空いているが、中は暗くて見えない。一歩踏み込むと、広い土間だった。子供の頃行った母の実家と似ていて、懐かしくなる。

「ただいま」と、夫が声をかけると、祖父母が奥から出てきてくれた。五十年前の夏。結婚式に参加できなかった二人に、初めて会うために来た。夫は、小学校に入る前の三年間、祖父母の元で暮らしていたので、近所の人たちとなじみがある。おばさんたちが、次々とやって来る。挨拶を交わして、私を紹介する。頭を下げるだけで、誰が誰やら全く分からない。夫は、いつの間にか関西弁になっている。三、四十分で一段落した。祖父が、自分で玉露を入れてくれた。

桜井市金屋《かなや》は、奈良に向かう山の辺の道の起点であり、海柘榴市《つばいち》という『万葉集』に出てくる、最古の町の一つだった。今は、三輪山の麓に畑が広がる田園風景しかない。

大正三年生まれの義父は、高校卒業までここで育った。村一番の秀才と言われ、東京の大学に入り、やがて教授になった。祖父母にとって自慢の息子なのに、本人は「跡取りの自分が家を出て、寂しい思いをさせている」と、思い込んでいたようだ。大学の給与は、家に入れたが、執筆した研究書や参考書などの印税は、祖父母のために役立てていたらしい。夏休みにはなるべく帰省して一緒に過ごし、家の修理などもしていた。

夕食は、おばさんたちが持って来てくれたごちそうが、机いっぱいに並んだ。祖母は優しく気遣ってくれる。祖父の話は、面白い。夫が、「子供の頃、じいちゃんが、桃太郎の話をしてくれるんだけどさ。犬と猿とキジが来て、『きびだんごを、ください』って言うだろ。そうすると桃太郎が……」。祖父が乗り出して、「一つはやらない、半分やろう」と言うので、皆で大笑いする。

離れで休むことになり、渡り廊下から急な階段を登る。この家の場所は、三輪山の裾にあたるらしい。座敷の前庭に小川が流れ、小さな光が点滅している。「蛍なの？」「これを見せたかったんだよ」と、夫は満足顔。

二年後、二月に祖母が、十一月に祖父が亡くなった。住む人のいない家は、どんどん荒廃していく。十年経つと屋根が崩れ、床と畳を突き抜けて、竹が伸びた。十五年して義父も亡くなる。近所から苦情が出るようになり、家を取り壊した。年に二度、草刈りをしてもらうが、猪だけが元気に走り回っている。

お守り――安倍文殊院

話し合いと契約が終わり、タクシーに乗った。朝からの雨はやんで、薄日が漏れ始めた。九月末の暑さは、和らいでいる。緊張が解けて、肩凝りに気づく。首を回すと、ゴリゴリと音がした。

三年前夫が亡くなってから年に数回、奈良に通う。住む人がいなくなった土地でも、管理が必要なので何かと手がかかる。桜井市は、箸墓、黒塚、纏向など、古墳と遺跡だらけの町。我が家がある地域は、『旧村』と呼ばれる。三輪山の麓に当たり、田と畑の中に、灰色の屋根が点在する。懐かしく、心休まる風景だ。そして、『三輪山歴史的保存地区』とのこと。夫が話したことがあった。

「幼稚園くらいの時に、畑で遊んでいたら勾玉を見つけたことがあったよ。大事にしまっといたんだけど、どこに行ったかな」

不動産の専門家は、

「いやぁ、国立公園より始末が悪いんですよ。何も変えられないし、作れない。買う人も見つからないでしょう」

と言う。十年前、夫が市に寄付を申し出たが、断られた。

そのまま駅に行くつもりだったが、『安倍文殊院』に行くことにした。車で十五分で着く。花の季節ではないが、雨上がりの緑が美しい。参拝する人は、二、三人ずつ、チラホラ見かけるだけ。奈良時代の創建で、平安時代の陰陽師『安倍晴明』が生まれたところでもある。知恵を授けてくださるという文殊菩薩は、獅子に乗る堂々とした姿で、私たちを見下ろす。拝観後、お抹茶をたててくれた。いただいていると、蚊に刺された。

高校、中学受験の孫たちに、『学業成就』のお守りを求める。帰宅して、

「明日、おみやげを取りにいらっしゃい」

と、電話する。

「えっ、法事に出かける日でしょう？」

「あらら、そうでした。明後日にね」

自分用に、『呆け封じ』のお守りを、貰うべきだったと思う。

つばいち

車一台がやっと通れる、土の道。両側に、灰色の屋根の家。田や畑に囲まれた集落には、人の気配がない。

「年寄りばっかりだから。元気なのは、イノシシくらいでね。夜には、鹿が鳴くし」

と、佐代さん。

奈良県桜井市。佐代さん夫婦は、七十代。春から秋は農業、冬は手延べの三輪素麺を作る。三十年前には、百件以上の家が素麺づくりをしていた。機械化した工場で大量生産する会社に押され、昔ながらの手作業を続ける家は少ない。佐代さんの家でも、後継者はいない。

四十年前。初めて訪れた時、道端に小さな石柱を見つけた。『海柘榴市跡』と彫られている。

「ここが、『つばいち』なの？」

と、夫に訊く。

「そういえば、『つばいち観音』のお堂があるよ」

「古代の大きな町だったのよ。万葉集にも出てくる」

「ふぅん。私は理系だから」

つばいち（海柘榴市または椿市）は、万葉集、日本書紀に登場する。奈良と飛鳥を結ぶ『山の辺の道』と『初瀬街道』が交差し、難波につながる大和川の港がある、水陸の交通の要の地だった。平安時代には、貴族階級の人々、特に女性たちの長谷観音の参詣が人気となった。その門前町として『源氏物語』や『枕草子』にも、登場する。

『玉鬘が、母親の夕顔の侍女と出会った場所』と興奮していたのは、私だけらしい。

地元の誰も、関心が無い。

「古墳やら、なんやら、あちこちで掘り返しとるけどねぇ」

古墳や宮殿の跡は、石組み、礎が残されているが、大勢の人が暮らした町は、遺跡として残ることなく消えしまったのだろうか。

「佐代ちゃん、煮豆ができたよ」

お隣の奥さんが、いつの間にか台所にいる。

「ありがとう。ヒロちゃんのお豆さん、大好き」

おばちゃんたちの、明るい声が響く。

終着駅

「奈良のお墓には入らない。東京にお墓を作るから。疎開した時、辛い思いをした」と義母は言う。二十五年前、義父がなくなった時のこと。

東京育ち、おしゃれで、当時珍しい職業婦人の義母。地方の旧家の暮らしは、窮屈だったに違いない。義父の遺骨は、郷里の墓と義母の手元に、分骨された。十年後、義母もなくなり、三回忌の後にようやく都内に墓を建てた。菩提寺に預かっていただいていた、二人の納骨を済ませた。

年に二、三回、帰省していた。両親がいなくなると、足が遠のく。人の住まない家は、傷んでいく。隣の家から苦情が出て、傾きかけた大きな家を、取り壊した。帰る

機会が、ますます少なくなった。夫が、

「子供たちに田舎の墓参りは、無理だろう。東京に移そう」

と言いだしたが、病に倒れて、私に仕事が回ってきた。

『改葬』という言葉を、インターネットで調べることからスタートする。いつも近鉄の駅からタクシーで、『極楽寺』へ向かっていたが、墓は寺でなく、地域の共同墓地だった。管理する地元の葬儀社に相談して、手続きを教えてもらう。

石碑の下には、東京の墓のような空間はなく、土に埋めてあるらしいとのこと。翌月、『御霊抜き』（亡くなった人の魂を抜く）をしてもらい、石屋さんに石碑と十五個の石柱の撤去をお願いして帰る。東京の寺の受け入れ承諾書、奈良の埋葬証明書を揃えて、市役所に申請する。ようやく改葬許可書が、発行された。いつもは一人だが、長男も同行して奈良に向かう。更地になった墓地に立つ。義父とその両親の三体の遺骨と、先祖の眠る土を少し持ち帰る。ようやく家族皆で、納骨した。

「お義母さん、やっと終わりました。家から車で十五分、あなたの孫たちもお参りに来られます。これで、良かったですよね。奈良のおじいちゃん、おばあちゃんが、東京に連れてこられて喜んでいるかどうかは、わかりませんが……」。

爪

足の爪が、真黒になった。右の親指だ。

「足の指も、親指とか、人差し指というのかしら」と、不思議に思ったが、『皮膚癌』という言葉が頭に浮かび、そんな疑問は消し飛んだ。

近くの皮膚科。

「気が付いたら、こんなに黒くなっていたんです。痛みは無いので、何か恐い病気でしょうか？」

と、一気に話す。

「皮下出血ですよ。ぶつけたり、圧迫すると、あざができるでしょう。あれと同じです。ただ、爪の下は吸収できないから、二、三か月かかります。爪が伸びるのと一緒に、先へ移動して、無くなりますよ。四、五日前に、たくさん歩きましたか？　特に階段とか、坂道とか」

と、医師は言いながら、『右第一趾爪下出血』と、カルテに書いた。

三十年ぶりの奈良は、雪だった。唐招提寺の南大門から、雪の降りしきる参道を歩いた。金堂の広やかな屋根と、それを支える円柱が、進むにつれて水墨画の世界から、現実に近づいてくる。観光客は数えるほどしかいない。雪あかりの中、金堂の盧舎那仏、千手観音、薬師如来を拝見していると、昨日までの心の揺れが鎮まるように思われる。「精いっぱいやれば、それなりの結果が出るだろう」という、いつもの開き直りが、戻ってきた。

靴を履く私に、先生の一言。

「靴紐を、きちんと締めなさい。紐が緩いと、足が前にずれるでしょう。爪に力がかかるのが、原因ですから」

三輪の里

奈良からJR万葉まほろば線に乗る。二両編成。桜井まで三十分。奈良、天理、桜井などの大きい駅では全部のドアが開くが、無人駅では一番前だけ。運転手の横にある箱に、乗車券か料金を入れる。

水色の車両は、年代物。エアコンは、後から付けたと分かる。ご丁寧に周囲にガムテープが張ってあるのが、面白い。最初の駅、京終（きょうばて、都の果て）を過ぎると、青々とした畑が広がる。スピードが上がり、ガタガタと揺れる。「頑張って走ってます」という感じだが、大丈夫かなと思ってしまう。

桜井駅からタクシーで十分ほどの、金屋《かなや》。

夫は幼児期の三年ほど、ここで祖父母と暮らした。小学校入学のため東京に戻るまで、大事に育てられたらしい。

「裏の畑で遊んでいて、勾玉を見つけたことがある」と、言う。結婚後すぐに、祖父母に挨拶するために二人で帰郷、大歓迎を受けた。五十年近く前のことだが、今でも周囲の風景は変わらない。近所のおばさんたちと話す夫が、関西弁になっているのに驚いた。

家の前から細い道（山の辺の道）を歩く。素朴な浮彫の仏さま、『金屋の石仏』を見て、坂道を登って行くと、いきなり神社の境内に出る。大神《おおみわ》神社は、日本最古の神社の一つで、三輪山をご神体とする。祭神の大物主大神は、酒の神とのこと。造り酒屋の信仰を集め、店先に飾る杉玉は三輪の杉で作られると言う。桜井の隣、無人の三輪駅の近くに、神社の大鳥居があり門前町があるらしいが、そのルートで行ったことはない。

昭和五十年に祖母が、次いで祖父が亡くなり、住む人のない家は荒廃した。両親がいるうちは、時々手を入れたようだが、夫の代になり、行く時間も作れない。近所から苦情が出て、古い家を取り壊した。三輪山の麓は、『歴史的保存地区』で、何も作れないと聞いた。当然、買い手などいない。

　電車が急に遅くなり、汽笛が鳴る。思わず外を見ると、線路脇の草刈りをしていた三人のおじさんが、笑顔で手を振っている。鉄道の職員というより、六十代位の農家の人か。運転手も、手を振る。前の車両に乗ると、楽しい。なじみの人と挨拶したり、小銭を数えるおばあさんにも、皆がのんびりと待っている。

　まほろば線の車両が、新しくなると聞いた。

冬仕事

暑い日の「そうめん」は、元気が出る。冬の温かい「にゅうめん」は、ほっとする。奈良の三輪は、発祥の地と言われる。八世紀ごろ、遣唐使がもたらした唐菓子がルーツで、その後禅宗とともに、油を使う今の製法が伝わったらしい。

もともとは、農閑期の副業として、多くの農家が作っていた。今では、一年中工場で製造されるが、手延べそうめんは十一月から三月末の寒い時に作られる。良い小麦と、きれいな水、冷たい風が、おいしいそうめんの材料だそうだ。

三軒先の大きな家、Tさん宅は七十代の夫婦でそうめんを作っている。二十年位前のJTBのガイドブックに、工程や家族の作業風景が掲載された。細くてこしのあるそうめんが届くのを、毎年楽しみにしている。

朝五時ごろから、仕事を始める。水と塩を配合する。そうめんは二日がかりなので、その日と翌日の天候により、塩加減を決める。小麦粉と塩水を混ぜて、よくこねる。伸ばしてこねるを繰り返し、綿実油を付けながら棒状にして熟成させる。それから細目機を通して一センチの細さにし、さらに五ミリに伸ばし、室《むろ》に入れて一晩置く。

翌朝は、外干し。庭の機《はた》と呼ばれる竿に掛けたそうめんを、竹の棒でさばきながら二ミリの細さで二メートルまで伸ばし、天日干しを一日する。それを裁断し、束にして箱詰めして、できあがる。

長年の経験と勘による作業は、真似できるものではない。娘たちは嫁ぎ、後継ぎはいない。「二人でないと、できない仕事だから、どちらかが具合が悪くなれば、もう止めるしかない」と言う。

祈り――長谷寺

三百九十九段の回廊を登ると、長谷寺の本堂がそびえている。牡丹の頃は行列になるようだが、奈良の三月は寒く、人影も少ない。

長谷寺は、枕草子にも源氏物語にも、登場する。平安時代の貴族の間で、観音信仰が盛んだった。初瀬まで、京の都から四、五日かかる。宇治から船で、難波を経て、大和川を溯り、椿市で降りて陸路になる。

上流階級の女性は、屋敷の奥で人目に触れないように、静かに生活する。膝で動き、立ち姿を見られるのは、はしたないと言われている。外出する時は、屋敷に乗り付けた牛車で移動する。外を歩くことなどない。長谷寺へは七、八キロ、峠を越えて行く。

自分の願いが届くように、足の痛みに耐えながら歩く。そして、数日間のお籠りをして、観音様に祈りをささげた。

源氏物語では、夕顔の娘の『玉鬘』が、かつての侍女と再会し、運命が開ける場所として描かれている。玉鬘は、幼い頃母の夕顔が消息不明になったため、乳母に連れられて筑紫（九州）で暮らしていた。命懸けで京に戻り、母に会えるようにと、祈る。侍女は、姫君を探して何年も、長谷寺に参詣していた。

神仏のご加護は、「努力をしますから、お見守りください」と、誓うことから始まるそうだ。幸運を願うだけでは、ダメらしい。

黒くそびえる本堂に入る。ご本尊の十一面観音は十メートルもの大きさ。優しいまなざしで、私たちを見おろしていらっしゃる。『特別拝観日』なので、御御足に触れることができるとのこと。手に塗香をいただき、狭い廊下を曲がる。戸口をくぐると、薄暗い。目が慣れると、長さ八十センチくらいのふっくらした大きな足。長い間、人々が触れた足は、つやつやと光っている。見上げると、豊かな体とお顔が見える。思わず正座して、両手を当て、目をつぶった。

微笑み

年に何回か奈良に行くのに、法隆寺に行く機会が無かった。

桜井市で仕事をしてから、斑鳩へ行くには、交通の便が良くないし、充分な時間を取れないと、思い込んでいた。今回は、まず法隆寺に行くことにした。朝九時に、バスで奈良駅を出発。四月の温かい日差しの中、スーツも書類鞄も無しで動けるのが、嬉しい。

法隆寺は、七世紀に聖徳太子と推古天皇により創建された。火事で全焼し、再建されたというが、世界一古い木造建築であることに変わりはない。五重塔、金堂、大講堂、それを囲む廻廊のある西院伽藍。夢殿などのある東院。広大な境内に飛鳥時代の様式で建てられた建物は、力強さと優しさがある。

なぜ聖徳太子は、飛鳥の都から遠い斑鳩に、法隆寺を建てたのだろうと、不思議だった。NHKの番組で、大和川との関連を聞いて、納得した。水上交通を、忘れていた。難波から大和川を上る。奈良盆地に入ると、斑鳩がある。交通の要衝なのだ。聖徳太子は斑鳩宮に、移り住んでいる。そして、なお上流に行くと海柘榴市（現在の桜井市）に着く。ここから陸路で、飛鳥に向かう。六〇七年、法隆寺が完成したが、翌年には隋の使節が訪れている。日本の文化の高度なことを、認めてくれたに違いない。それが目的の一つだった。

法隆寺には、およそ六百五十体の仏像があるという。金堂の釈迦三尊像、大宝蔵殿の百済観音。春の公開期間にあたり、夢殿の救世観音も拝見できた。

隣の中宮寺は、聖徳太子が母のために建立したとされる尼寺。法隆寺に比べれば小さいお寺だが、入口周辺にはヤマブキの黄色い花が溢れている。飾り気ない本堂に、さりげなく置かれた弥勒菩薩像は、右手の指を頬に当て、かすかに微笑んでいる。黒い色は、装飾が取れた下地の漆だそうだ。落ち着いた艶が美しい。

昼食後、バスで知り合った四十代の女性と、歩くことにした。落ち着いた家並みを抜けると、畑が広がる。一面の緑の中の細い道を地図を見ながら歩く。温かい日差しが心地良いが、人には会わない。

「一人じゃなくて、良かったわね」と顔を見合わす。三十分程で法輪寺に、また二十分歩いて法起寺に着く。どちらも、こんもりした木々の上に見える、三重塔を目指して移動する。

奈良行きのバスに乗って、ほっとする。「気持ちよく歩いて、妙に達成感があるのに、仏さまの顔は思い出せない」と、二人で笑った。

納得

天武天皇は、皇后の病気回復を願い、薬師如来を本尊とする寺を建立することにした。皇后は快癒したが、天皇が病を得て、亡くなる。皇后が引き継いで、薬師寺を完成させた。夫婦愛の結晶、と言われている。

鸕野讃良《うののさらら》皇女は、大化の改新の年（六四五年）、中大兄皇子（のちの天智天皇）の姫として誕生した。十三歳で叔父の大海人皇子の妃になり、草壁皇子が産まれる。中大兄皇子は、他にも三人の娘を大海人皇子に与える。同じ母を持つ姉の大田皇女は、大津皇子を産む。

天智天皇が崩御し、天皇の子の大友皇子と大海人皇子との継承争いが起こる。大海人皇子が勝利し、天武天皇として即位。戦に同行した鸕野讃良皇女は、皇后となる。身分の高い皇女であり、他の妃は太刀打ちできない。政治的な能力も認められて、二人は協力して、国造りに取り組む。

息子の草壁皇子は、皇太子になったがライバルは多い。特に大津皇子は一歳下だが、文武両道に優れ天皇の寵愛を受ける。『万葉集』には四首の短歌。『懐風藻』には四編の漢詩が残されて、「度量広大で博識、詩文を得意とし、人望があった」と、書かれている。草壁皇子は、『万葉集』に一首の歌があるが、皇子についての記載はない。

天武天皇が崩御すると、大津皇子に謀反の疑いがかかる。大津皇子は、追われて自害する。謀反の計画の密告を皇后が利用したのは明らか、と言われている。息子のためなら、そこまでするのだろうか。

薬師寺は、度重なる災厄により、東塔と東院堂を残すだけで、焼失してしまった。昭和・平成にかけて、金堂、西塔、回廊、講堂などが再建されて、話題になった。

赤と金のきらびやかな建物は、創建当時のデザインとはいえ、魅力を感じない。二月の雪の日、唐招提寺を訪れた帰りに薬師寺にも参拝した。暗い空から降りしきる雪が、落ち着いた美しさを創り出していた。

第六章　音沙汰

手袋

　連なるひろ野に
　麦の穂ひかる……

という校歌の一節があった。

東京二十三区の片隅。六十年前は、歌詞のままの風景だった。私鉄の駅から学校まで、子供の足で十分ほど。麦や大根、キャベツ、ジャガイモなど、季節で変わる畑の間の道を歩く。車の通らない裏道が、通学路に決められていた。

入学の時、通学時間が四十分以内、という条件があったらしい。制限時間すれすれの私は、同じ駅から通う友達がいなくて、いつも朝は一人だった。

その日、電車を降りても友達に会わない。他の学年の生徒もいなかったので、遅刻をしたのかもしれない。

「おはよう」

と、声をかけられて振り向くと、同級生の男の子だった。

「おはよう」

と返して、あとは、黙って並んで歩いた。活発で運動が得意だが、時々乱暴な口をきいて、女子には人気が無い子だった。

手が冷たくなって、こすりながら歩いていると、左の手袋を外して、渡してくれた。

「片っぽでも、あったかいよ」

「うん、あったかい。ありがとう」

黒い手編みの手袋は、お母さんのお手製だろうか。畑には、麦の緑色の行列が、並んでいた。

久しぶりに降りた駅前は、バスのターミナルになり、商店が並ぶ。住宅が見渡す限り広がり、歩いた道も畑も、見当たらない。

切なさ

駅を出ると、商店街が続く。どこでも見かけるチェーン店ばかり。実家に帰るときはほとんど車のため、電車で来たのは二十年ぶりだろう。

見覚えのある名前の店を、見つけた。子供の頃、母と一緒に、洋服の生地を選んだ。澄んだ青空のような、木綿。

「この色で、お揃いのワンピースにしましょうね。白い襟をつけて」

妹と私は、嬉しくて、スキップしながら帰った。間口は当時の三分の一になり、服が並んでいるだけで、布地やボタンは置いていないらしい。

駅から離れてくると、知っている店が増えてきた。お茶屋さん。狭山茶の産地なので、新茶や贈り物用のお茶を買いに来た。たしか、同じ年の娘さんがいた。醬油味の焼き団子の店。本屋の息子は、妹の同級生。書店が次々と閉店するなか、頑張っている。

この辺りに今川焼の店があったのを、思い出した。おじさんが、鉄板に並んだ穴に、白い液体を流し込む。その上に割った竹に詰めた餡を、へらで切りながら載せる。小さい泡が見えてくると、隣の開いている穴に入れた液体の上に、金串でクルクルとひっくり返して黄金色に焼き上げる。ランドセルをしょったまま、ガラスに張り付いて、見とれる。電車通学なので、駅からは一人で歩いていた。

「買い物に行く時に見かけて、帰りにも、まだ居たのよ。三十分くらい経つのに」

と、叔母に連れられて、帰った。

商店街から路地に入ると、懐かしい風景が現れた。昔ながらの家があり、おじさん、おばさんの顔が浮かぶ。それにしても、いつも歩いたこの道は、こんなに狭かったかしら。

ようやく、我が家が見えてきた。母が毎日手を掛けた庭が、アパート二棟と駐車場になった。お気に入りの柚子も梅の木も、花壇も、今はない。

壁

英子は高校からの友人。当時は同じような体型だったが、いつの間にか私の一・五倍の体重に成長。六十歳を過ぎると、高血圧、高脂血症、糖尿病と、生活習慣病の持ち主になった。ゆったりと話し、時々ピントがずれた質問をして、笑いを誘う。仕事や子育ての忙しい時は何年か会えなかったが、おしゃべりをすると心がほっこりした。

八年前、私の出張に合わせて、京都に行った。三十年ぶりの二人旅。泉涌寺は、坂の下の新緑の中に、佛殿などの建物が立ち並ぶ。ゆっくり拝観して山道を下り、東福寺へ。

翌日は、南禅寺、永観堂と歩き、祇園の現代美術館。二人の好みの場所を楽しむ、はずだった。英子の歩きが遅いのは、前から知っていたが、何をするにも手間取る。私が合わせるしかない。お年寄りの相手をすると思えば良いのだが、八十八歳の母が、不自由な手足でも、工夫しながら生活するのを見ているので、同じ年の英子の様子に、イライラする。昨夜は、たっぷりと愚痴を聞かされた。自分の力で取り組むのではなく、何かを待っているだけのように思え、疲れた。がむしゃらに、前に進むことばかり考えていた私に気づく。他の人のペースに、思い至らなかった。

翌朝、新幹線の改札で英子を送り、地下鉄に乗る。仕事に行くのがこんなに嬉しいことが、あっただろうか。

名刺

「ねえ、見て」

渡された名刺には、ヨーロッパの古都の風景が、繊細な切り絵で刻まれていた。控えめな文字で、○○大学講師の肩書きと、名前、住所。

「すてきね。こういうの、初めて見たわ」

「今度、お店を教えるね」

名刺の持ち主は色白の美人で、背が高くスタイルも良い。ただ、毒舌家だ。自分のことを『うすらデカイ』と言う。

「合うサイズの洋服が無いから、海外で安いのを買い込んでくるしかない」

バブル期で、ブランド品の服やバッグが、あふれていた。流行に疎い私たちでも、シャネル、ヴィトン、カルチェなど、見ればわかるようになった。彼女が教える女子学生たちも、例外ではない。

「階段教室の通路の上から下まで、ブランド物のバッグが並ぶのよ。十代、二十代の子が持っても、似合わないのにね。親が、甘いのよ。階段の上から蹴飛ばして、将棋倒しにしてやろうかと思った」

と言うので、大笑いした。

四、五年前に退職してから、専門の老人心理学を、活かしている。市の委員会のメンバー、老人施設の相談役など、名刺を使い分けているらしい。一番力を入れているのは、老人施設にミニコンサートを配達するボランティアグループ。お年寄りが喜んでくれて、好評だ。どの名刺も、飾り気のない、普通の物になった。

旅立ち

突然、英子が結婚するという。高校からの友人で、月に一度は会っていたのに、付き合っている人がいることすら、知らなかった。

高校卒業後、仕事をしながら専門学校に通い、インテリアデザイナーになった。のんびり、ゆったりした彼女が、そんな頑張りを見せるとは……と、そのとき驚かされた。

デートは、ラグビーだったらしい。

「寒かったぁ」

と言う。寒がりでスポーツ音痴の英子が、十二月の競技場で退屈しなかったのは、二人の相性が良かったのだろう。

結婚祝いの希望を聞くと、コーヒーカップが欲しいと言う。二人でデパートに行き好みの品を見つけた。

「結婚式が済んだら、すぐ赴任先に行くから、何も用意する必要が無いの」

「どこ?」

「サイゴン」

と、あっさり答える。ベトナム戦争中のサイゴンに行くとは、とショックを受ける。

「ご両親はなんて?」

「母は、最初は反対したけど、あなたが決めたならいいって。でも父が、仕事も順調なのに勿体ないって、泣くのよ」

一人娘を心配する、あのお父様の顔が目に浮かぶ。

結婚式の日、初めて見る和服姿の英子は、可憐な美しい花嫁だった。体格の良い、日焼けした花婿は、ベトナムで農業指導をしているという。優しそうな笑顔とスポーツマンの爽やかさが、溢れていた。大学時代のラグビー仲間が賑やかだった。

四日後の出発は、仕事の都合で送りに行かれなかった。お母様から、

「あっけらかんと、出かけました」

と、電話をいただいた。ほんわかした英子を、あの男性なら守ってくれると、思えた。

落葉

美子から、「食事しよう」とメールが届く。ちょうど仕事が一段落したところなので、昭子は、「今日でも、いいよ」と返信。渋谷の居酒屋で待ち合わせた。

高校卒業後、会う機会がなかったが、一か月前『還暦』の同期会で二人と再会した。

「主婦がダメとは言わないけど、あんなに話が合わないとは、思わなかった」

「そうね。お化粧とおしゃれしか、興味がないのかしら」

「旦那と孫の自慢話を、聞かされてもねえ」

「憧れの男子も、冴えないおじさんになってるし」

と、大笑い。

美子は、独身。弟が亡くなり、家業の内装工事会社を継いだのは、二十六歳。何も知らない世界へ飛び込んだ。必死に勉強し、働いた。同業者との付き合いも、大変だった。気心が知れないと、仕事を回してもらえない。たばことマージャン、ゴルフも覚えた。

昭子は、商社に就職。『事務の女の子』から、プロジェクトの一員として認められたのは、努力と幸運があったからだと思う。離婚して、二人の子供を育てられたのも、両親の協力のおかげ。

高校の思い出話から、仕事の話になる。

「専門が違うけど、解ってくれるから、ついつい喋っちゃった」

「よく頑張ったね」

と、褒め合う。これからの不安が無いとは言わないが、

「私たちなら、何とかなる」

と、励ましあうことができる。

外に出ると、冷たい風が心地よい。足元の枯れ葉が、カサコソと乾いた音を立てる。

「落葉も、笑っているみたいよ。また、会おうね」。

結び目

三十年前。父母会の帰り、立ち寄ったデパートの和食器売り場で、お皿が目に留まる。白地に藍色の、すっきりした模様。煮物も、魚も映えて、おいしそう。

「伊万里の若い作家です。お気に召したら、ぜひ」

店員が勧める。一点物なのに、量産品と変わらない値段。応援するつもりで買った。

家に帰って、お皿を一枚ずつ手に取ると、人との出会いと同じように、物との出会いもあるのだ、と感じた。しかしその後、何度も、『ときめく器』に巡り合ったことを考えると、単なる言い訳らしい。

息子たちは、中学生になると、話をしなくなり、何を考えているのか、わからない。

仕事仲間の先輩に話すと、

「女の子は、愛情いっぱいに育てないといけないけど、男の子は、おいしいものを食べさせておけば、大丈夫よ。お腹がすけば帰ってくるから、道をはずれることはないわ」

思わず、笑った。仕事が忙しくても、料理を作ることは、苦にならない。ただ、あっという間に食べ終わり、

「ごちそうさま」

の一言で、消えていく。ボリュームさえあれば良いので、小さい皿の出番は、ない。

二年前、リフォームの間、アパートの一室で暮らした。一口のガスコンロ、電子レンジ、冷蔵庫。最小限の鍋と食器。これだけで食べられることに、驚く。一か月で、家に戻る。一人の食卓でも、好きな食器に盛り付けると、簡単な惣菜が、贅沢な料理に変わる。

記憶

小さくて、ポッチャリした女性。赤いロングドレスで、とことこと舞台に登場する。会場から

「石井さーん」

と、声がかかる。楽しそうに歌う姿は、聴く人を笑顔にする。

歌の好きな十五人ほどのグループは、老人施設への訪問コンサートをしている。参加条件は、プロ、セミプロ、または十年以上の経験者、ということになっている。平均年齢は、七十歳。石井さんは、最高齢の八十八。プロではないが、持ち歌は八十曲以上。練習の時でも、歌詞カードを持つことがない。

「新しい曲が、覚えられない」

「また、歌詞を忘れた」

と嘆く私たちとは、大違い。

「コンサートに、行きましょう」

と誘われて、四谷三丁目の駅前で待ち合わせ。案内役の石井さんが、きょろきょろするので、

「大丈夫かしら」

と思ったが、意外に早い速度で歩き出した。『駅の近く』と聞いていたが、十五分ほどして、

「このビルよ」

と入る。だが、ホールが無い。受付で尋ねると、

「一駅くらい、歩きましたね。駅の向こう側ですよ」

同じ道を戻り、駅を通り越して、ようやく会場に着いた。そんなに頑張って行くほどのシャンソンでは、無かったような……。

あとになって、石井さんが、

「わからない。間違えた。ごめんなさい」

などの言葉を、一切、口にしないことに気づく。自信と前向きな姿勢があれば、物忘れも思い違いも、怖くないと思えてくる。

オムライス

「あなたと食事すると、太るわ」

と、友人の敬子。私の食べきれない肉料理を、平らげてくれる。子供の頃から小食なので、家の食事は盛り付けを少量にして調節するが、外食では難しい。

職場での昼食は、忙しい。時間が気になるし、書類を見ながらの行儀の悪い食事のこともあるので、お弁当を持っていくか、同じビルにあるパン屋のサンドイッチで済ます。土曜日だけは、一時ごろにスタッフが帰り、一人で一週間の整理を終わらせる。二時過ぎ、近くの店に行くと、昼時の混雑はない。中華料理か、スナック風の店。

ジャズが流れているこの店は、十二、三人でいっぱいになる。五十代のマスターが、接客も調理も一人でするのでメニューは少ない。客の顔を覚えてくれるので、ハンバーグでも生姜焼きでも、ご飯は半分にしてくれる。隣のテーブルのオムライスが、気になる。食べきれないのがわかっているので、頼んだことがなかった。

「オムライス、食べたいんだけど……」

「ライス半分で、作ろうか？」

と、笑う。ふんわりとした卵に、デミグラスソースがかかる、小さめのオムライスを作ってくれた。

「完食です。ごちそうさま」

久しぶりに敬子と食事する。

「あなたの小食は、変わらないわね。いつも不思議なんだけど、最後の一口が、どうして入らないのかしら。でも、学生時代に比べて、食べるのが早くなったわね」

「そりゃ、そうよ。夫と息子二人よ。のんびりしてたら、食べるものが無くなるわ。生存競争よ」

第七章　人生エトセトラ

窓

整理ダンスのそばの窓は、西日が差すのが嫌で、ブラインドを閉めたままだった。久しぶりの休日に開けてみる。空き家だと思っていた隣の家の小さな庭に、人影が見える。

美雪は四十四歳。二年前に、このマンションを買った。通勤時間は長くなったが、電車の中で本が読める。ワンルームとはいえ、三階のベランダから見下ろす公園が、気に入っている。故郷の両親は、娘が東京に家を持ったことを知らない。母が『結婚』と言わなくなって、何年になるだろう。

もちろん、会社にも、話していない。男性社員が家を買ったと言えばほめられるのに、女性が言えばどんな言葉が返ってくるか。想像するだけで恐ろしい。

「え、一人で？　誰がお金を出してくれたの？」

「パトロンがいるのかなあ」

「まさか。それは無いだろ。いよいよ結婚はあきらめたんだよ」

「二十年、頑張って働いてきたんだから。私の城よ」

とつぶやくと、思わず笑みがこぼれる。二十年のローンを抱えて、定年まで働くしかないが、仕事は嫌いではない。

翌朝、西側の窓のことを思い出した。

「今まで気にしたこともなかったのに」

ブラインドの間に指を入れて、覗いてみる。昨日見かけた七十歳くらいの女性が、洗濯物を干している。四、五枚のタオルと、地味なブラウス、下着。一人暮らしらしい。ブラインドを戻して、化粧を始める。

次の朝も、窓際に立った。同じ時間に洗濯物を干す女がいる。艶の無い髪、伸びたセーターとスカート。見覚えがあるような気もするが、思い浮かぶ人はいない。突然、手を止めて、上を向いた。私が見えるはずはない。まぶしげに眉をひそめた、その顔に、記憶がよみがえった。

「林課長」

入社した時の、指導役だった。厳しかった。スーツをピシッと着こなし、背筋を伸ばして歩く。眉をひそめ、キッと睨まれると、震えあがった。的確な指示を与える仕事ぶりは、憧れでもあった。

窓のブラインドを、しっかりと閉めた。

介護離職

「母の老後の生活は、私が見ないといけないのかしら？」

知り合いの女性は、四十二歳。独身で、一人暮らし。バリバリと働いている。

母親は、七十代。糖尿病と心臓の病気がある。最近、兄から、

「母さんが一人で暮らせなくなったら、お前が面倒を見てくれよな。うちは、子供たちに手がかかるし、嫁より娘の方が、母さんも喜ぶだろう」

と言われたらしい。

現在の高齢化率は、二七・七パーセントだが、ピークとなる二〇四〇年には、三五・三パーセントになる。高齢者施設、介護の専門家ともに、ますます不足してく

る。今でも、家庭での介護と仕事との両立に悩み、離職する人が多い。施設の拡充とともに、訪問診療やヘルパーなどの支援体制が、必要だ。仕事を続けるための働き方を選べるようにし、介護者が孤立しないようにすることも。

「自分の老後を、考えているかしら？」

と、思わず聞いてしまった。仕事を辞めて介護に専念したら、社会から取り残されたような寂しさを感じるかもしれない。でも、母親の年金で生活はできるだろう。その後五年か十年して、母親が亡くなり一人になったとき、仕事に戻ることができるだろうか。年金は、親世代とは比べものにならない。

「お兄さんに、聞いてごらんなさい。妹に任せるつもりなら、妹の老後の面倒を見る覚悟がありますかって。たぶん考えていないから。仕事は辞めないで。お母さんの面倒をみるのは、お兄さんと一緒」。

間違い

太郎さんは、目が覚めると窓の外を見る。典子さんに、何を話そうかと、考えながら。

七時半に、エレベーターで二階に降りる。「典子さん、おはよう。眠れたかい。銀杏の葉が、金色だよ」

と、言いながら、優しく頬をなでる。典子さんは、かすかに微笑む。二人が老人施設に入って、一年になる。典子さんが、脳梗塞で車椅子生活になったからだ。言葉も不自由になったが、穏やかな笑顔を見せてくれる妻が、いとおしい。自分を、夫と認識していると、疑うことはない。八十歳の太郎さんは、入居三日後にはエレベーターの暗証番号を見つけ、一人で移動できる。朝夕の見舞いを欠かさない。

半年後、典子さんが、肺炎になり入院。一週間で亡くなった。太郎さんは、納得できない。毎日、部屋を訪ねるが、ベッドは空だ。ある朝、

「典子さん、おはよう。帰ってきたね」

と、頬をなでると、悲鳴があがる。太郎さんは、棒立ち。新しい入居者の由美さんは、怒る。職員が、駆けつける。

「典子さんは、亡くなったでしょ」

「わかった」

太郎さんは、拾ってもらった杖をついて帰ったが、翌朝、また来た。由美さんは、

「部屋を変えて」

と頼んだが、空室はない。四日目には、諦めた。頬をなでるだけなら、仕方がないと。

「由美さん、最近きれいになったと思わない?」

「慣れてきたのよ」

と、配膳の準備をするヘルパーさんたちが、噂をする。朝食前の忙しい時間、太郎さんの訪問が続いていることには、気付かない。

悩み

昼寝から醒めた時、お母さんはいなかった。お兄ちゃんは、まだ寝ている。部屋は薄暗くなっていた。おやつは食べちゃったけど、少しおなかがすいてきた。

やっと、お母さんの足音が聞こえてきた。なんで、あんなに歩くのが遅いんだろう。玄関の扉の開く音がした。迎えに行ってもいいんだけど、こんなに待たせたんだから、行かない。

「ただいま。良い子にしてた？」

と言いながら、部屋に入ってきたお母さん。荷物を置くと、ポットのお湯に手を伸ばす。お茶を飲むつもりなんだ。こんなに待ってたのに。

「喧嘩ごっこしよう」

お兄ちゃんは、言いながら、僕の背中を叩いた。ぼくも、おにいちゃんのおなかに、パンチをお見舞いした。じゃれ合っているうちに、肉球でやるつもりが、僕の爪がお兄ちゃんの顔に当たった。お兄ちゃんは怒って、僕の頭を本気で殴った。僕も殴り返す。とうとう、取っ組み合いの喧嘩になった。

「ほらほら、やめなさい。おなかがすいたんでしょ」

お母さんが、二つの皿を持ってきた。僕たちは、喧嘩なんか忘れた。

どうして、いつもこんなことをしないと、ごちそうが出てこないんだろう。殴られた頭がヒリヒリするよ。誰か、お母さんにわからせる方法を教えてくれないか、にゃあ。

買い物

五、六十代の兄弟二人が商う八百屋は、野菜もおじさんたちも、元気が良い。
白い茎の先に薄い緑の葉がついた、見慣れない野菜がある。

「それはウルイっていう山菜だよ。さっと茹でて、お浸しでもサラダでもいいし、炒めてもうまいよ」

調理法まで教えてくれるのは、お兄さん。

いつもは仕事帰りなのに、珍しく午前中に店に行った。おいしそうな筍に目が行く。

ただ、茹でるのに手間がかかる。どうしようかと迷っていると、

「いい筍だろう。今食べないと、竹になっちゃうよ」

と、弟はいつも軽口を叩く。夕食は筍尽くしになった。

夏の日差しを浴びた真っ赤なトマトを、子供たちは丸ごと齧るのが好きだ。夫は、毎日胡瓜を食べたがる。茄子、茗荷、青紫蘇も、夏の味。八百屋さんでの買い物は楽しみだが、帰り道は、だんだん持ち重りがしてくる。

冬の夕方。

「ほうれん草、あるかしら？」

「片づけたけど、冷蔵庫から持ってくるよ。ほうれん草なら、一束でも食べられるけど、小松菜はなぁ」

「あら、嫌いなの？」

「小松菜は無いのかって、兄貴やお客に言われるから仕入れるけど、美味くないよなぁ」

と、小さい声で言うので、笑ってしまう。

「いや、ちゃんと、いい品を入れてるよ」

「はい、はい。小松菜もおいしかったわよ」

おしゃべりが弾む。

五年前、とうとう店仕舞いしてしまった。

「兄貴が、もうやめようと言い出した」

そう言えば、お兄さんが、店の隅で座っている姿を、見るようになった。近くに大型店舗のオープンも決まった。

きれいに包装された野菜を、買い物籠に入れる。スーパーの野菜売り場は、少し寂しい。

大切な人

真子ちゃんは、十歳。ポッチャリした体型で丸顔。舌足らずな話し方が可愛い。

出産の時、母の志津は、何も心配していなかった。兄、姉から八年たち、三十九歳で思いがけない妊娠。家族皆が喜んだ。経過も順調。大きな産声が響いた。

「女の子ですよ」

タオルに包まれた子は、二千八百グラムと小さめだが、透き通るような白い肌だった。

翌日、産婦人科と小児科の医師が、病室に来た。夫も呼ばれた。

「お子さんはダウン症です。心臓中隔欠損がありますので、検査をして手術します」

志津も夫も、呆然とした。ダウン症児は、短命で知的障がいがあると聞いたことがある。医師は答える。

「心臓や消化器の障害を持つ人が多く、昔は子供のうちに亡くなりました。今は、赤ちゃんでも手術ができるようになりましたから」

それから半年、入退院を繰り返し、ピンク色の頬になって、帰ってきた。

ダウン症の子供の成長は、ゆっくりしている。真子ちゃんの場合、首が座るのに半年、お座りが一年。二歳になって立ち、歩くまで、また半年かかった。何度も手術を受け、頑張ってきた妹を、兄も姉も見守っている。

「握手した」、「立った」、「歩いた」

と、皆が喜ぶ。

六歳になった。志津は、特別支援学校を見学した。子供の障がいに合わせて、きめ細かい指導をしてくれることが分かる。運動は苦手、言葉も遅い。勉強には、ついて行けないだろう。でも、兄姉を見ながら、自分もしてみようとする真子ちゃんを、健常児と一緒に生活させたいと思うようになった。兄たちの卒業した小学校で、受け入れてくれるという。

家族の心配をよそに、毎朝迎えに来る同級生の男の子と、手をつないで登校する。皆が、世話を焼きたがる。ダウン症の子が愛されるのは、穏やかで、素直で、裏表がなく、明るいからと言われている。

真子ちゃん自身も、言葉が増え、友達をまねて、何でもしてみようとする。

「子供たちが、競争で手伝おうとするんです。でも、やり過ぎると真子ちゃんが嫌がるのがわかって、見守ることを覚えました。子供って、すごいですね」

担任の先生が、微笑む。

「ただいまぁ」

ランドセルのまま飛び込んできた真子ちゃんを、志津は、しっかりと抱きしめた。

歌

シャンソンブームと言われたのは、一九五〇年・六〇年代だという。子供の時からイヴ・モンタンやエディット・ピアフ、シャルル・トレネの歌が、家の中で流れていた。

大学を卒業したばかりの頃、ジュリエット・グレコのコンサートに行った。厚生年金会館の舞台には、ピアノだけ。シンプルな黒のドレスに身を包み、アルトの深い声。言葉は解らなくても、想いが伝わってくる。日本人の歌手には興味がなかった。愛や別れの歌を、おおげさにぶつけてこられると嫌になる。忙しさに紛れて、シャンソンそのものからも離れていく。

二十年ほど前、嵯峨美子のコンサートに誘われた。久しぶりの女子会のつもりで気楽に出かけたが、たちまち引き込まれた。良く響く、温かい声。言葉を大切に、すっきりと歌う。感情を押し売りしないスマートさ。パンフレットを見ると、「演出　串田和美」とある。俳優座養成所の同期生で、一緒に自由劇場を立ち上げた俳優仲間らしい。俳優さんだったのかと、納得。歌手になって二十年とのこと。若い頃より、歌い手も聴き手も、人生経験を積んだ五十代の方が、心に届くようになるのかもしれない。その後、二、三年ごとに、聴きに行く楽しみができた。

『歌は、三分間のドラマ』だという。

映画

『グリーンブック』には、黒人が利用できる施設が書いてある。一九六二年秋、このガイドブックを持ってニューヨークを出発するところから、映画が始まる。

シャーリーは、子供の頃から海外で英才教育を受けた、黒人ピアニスト。学識豊かで博士号を持つので、ドクターと呼ばれる。カーネギーホールの上階に、王様のように暮らしている。トニーは、ナイトクラブの用心棒の職を失い、家族のために運転手に応募した。がさつで気の良い、イタリア系の白人。二人が、二か月の演奏旅行のために南部をめぐる。

上流のマナーを身に着けたシャーリーには、知らない食べ物ばかり。トニーは、フライドチキンの食べ方、「手で持って齧り、骨は車窓から放り投げる」を教え、二人で笑う。

　コンサートは、どこも裕福な白人の客で満員。演奏は絶賛されるが、会場に黒人が使えるトイレはない。ホテルでもレストランでも断られ、一人で外に出て乱暴される。それでも毅然として、素晴らしいピアノを奏でる。黒人からも白人からも、仲間と思われることはない。家族もいない、孤独なシャーリー。教養は無いが、温かく、面倒見が良く、家族思いのトニー。二人の間に、友情が生まれる。トニーが妻に書く手紙の言葉を選び、スペルを教える場面が微笑ましい。

　人種差別の強い、六十年前のアメリカ南部。しかし、今でも「ブラック・ライブズ・マター」と叫ばなければならない現実が、ある。

若葉

八百屋の店先で筍を見るようになると、庭の山椒が気になる。九州産の筍が出る頃は、茶色の枯れ木にしか見えない。越してきた三十年前、庭に一メートル程の山椒の木を見つけた。良い香りの味噌ができても、子供たちは嫌がったが、母は実を摘んで佃煮を作った。三年後、虫が付いて丸坊主になり、枯れてしまった。「アゲハの幼虫がいたから、柑橘類なんだね」と、息子が言う。以後、鉢植えの苗木を買っても、うまく育たない。

四月半ば、夜の雨が上がり、久しぶりの青空が広がる。花が散った後の白木蓮の丸い葉が、日ごとに大きくなる。今は薄緑で柔らかそうで、初々しく見える。ひと月たてば、大きく濃い、厚い葉になり、隣の椿も百日紅も、日陰にしてしまう。

濡れた土には、はこべや名も知らない草が伸びて、「草取りをしなさい」と言われている気がする。山椒の鉢に目が行くと、茶色の茎と棘との間に、緑がある。「枯れてなかったのね」と誉める。一週間後には、緑に黄色のグラデーションの葉が伸びて、お店の「木の芽」に負けない色と形。香りは、うちのほうが強く感じる。筍とわかめの煮物に添えて、季節の味を堪能させてもらった。

「木の芽」は、山椒の新芽と思い込んでいたが、地域によって違うらしい。東北や信越地方では、アケビのことを呼ぶという。

憎悪

さまざまな事件があり、被害者と加害者が生まれる。

四月、若い母親と子供が死亡、八人が怪我をする自動車事故が起きた。運転していた八十七歳の男性は、逮捕勾留されず、「元官僚の特別扱い」と、騒がれた。事故の当事者でも、入院中は逮捕されないとのこと。退院後も、高齢と逃亡の可能性がないことを理由に任意捜査となった。自宅で『普通の生活』を送れることに、違和感を受ける。

遺族には、『普通の生活』はない。会見した男性は、「最愛の妻と娘を突然失い、涙することしかできず、絶望しています」。そして、「運転に不安がある人や、危険運転をしそうになったとき、亡くなった二人を思い出してほしい」と、話した。

家族二人を、ガンで亡くした。診断、治療方針、経過に、共に悩み、語り合った。「よく頑張ったね」と、送ることができた。急な病気であれば、何か、できることがあったのではないかと後悔が残る人もいるだろう。時間を与えられた私は、幸せだった。

事件や事故で残された人の気持ちは、計り知れない。愛する人を失った悲しみと共に、加害者に対する憎しみを、感じないはずがない。どうしたら、そこから抜け出して、これから生きる力を見つけられるのか、わからない。

男心

『源氏物語』が面白い。現代語訳で読んでいたが、講座を受け始めた。女子大で教える講師が嘆く。

「光源氏が、いくらイケメンでも、マザコンで、ロリコンで、女にだらしない男の、どこがいいのかしら」と、学生に言われたと。「確かに、そうかもしれない」と思えるので、おかしい。

むしろ光源氏をめぐる女性たちの一人一人が、生き生きと描かれている。元服と同時に結婚した正妻の葵の上は、堅苦しく打ち解けない。前皇太子の未亡人である六条御息所は、優雅で魅力的な女性だが、気位が高く、独占欲が強い。気が重く訪ねなくなると、生霊になってしまう。

紫の上は、憧れの義母、藤壺に似た少女なので連れて来られた。藤壺の宮の姪にあたる。光源氏は自分好みに教育し、やがて妻にする。「私は、愛してくれる人に、次々と死別したが、あなたは幸福ですよ。須磨に流浪した時以外、別れて住んだことがない」と光源氏は言う。『最愛の人』と何度言われても、香をたきしめた衣服に着替えて出かける人を見送る寂しさ。「あなたには、何でも話せる」と、他の女性のあれこれを、聞かされる虚しさ。学問にも、和歌にも、音楽、絵など芸術にも優れているると、人々が絶賛する光源氏だが、相手の心に思い至ることができない。

女子大生の一言は、当たっているかも……。

参考図書

源氏物語　阿部秋生、秋山虔、今井源衛、
鈴木日出男校注・訳　小学館

新源氏物語　田辺聖子　新潮文庫

白木蓮

風が吹くと、バサバサッと聞こえる。十一月になったという、合図の音だ。

四十年前、この家に越してきた。南側に、松、梅、椿、山茶花の若い木が植えてある。まさに、狭い庭だが、木は小さくて、陽当たりが良い。

十年後、松が育ち、郵便受けが開かなくなった。庭の隅で、誰も植えた覚えがない細い苗が、どんどん伸び始めた。五年後、薄紫色の花が咲いた。桐だった。『娘が生まれたら、桐を植えて、嫁入りの箪笥を作る』と、聞いたことがあるが、我が家には息子しかいない。道を挟んで、向かいは中学校。校庭の真ん中に、大きな桐がある。百メートルも離れているのに、種が飛んできたらしい。

もう一本、成長の早い木を発見。また桐かと思ったら、夫が白木蓮を植えたと言う。三月初め、葉が出る前に大きな白い花を付ける。まだ寒い時に、たくさんの花が一斉に開き、青空に映える。あっという間に散って、手のひら位の緑の葉で、いっぱいになる。

十年前、桐が枯れた。塀の角に、押し込まれるような場所だからか。直径二十センチの同じ太さでも、白木蓮の方が強いのか。

二階の窓に届き、横にも広がった白木蓮は、通る人が足を止めるほどの、花が咲くようになる。そして今、庭と道路とに舞い落ちる大量の枯葉との、ひと月の戦いが始まる。

変身

マンハッタンに向かうフェリーで、通勤する『テス』という名の女性。クルクルしたロングヘアに、くっきりとアイシャドウ、ミニスカート。オフィスに着くと、スニーカーを脱ぎ捨て、ハイヒールに履き替える。映画『ワーキングガール』の、始めのシーン。

勤務する投資銀行では、意欲的に勉強しても学歴がないと、満足な仕事をさせてもらえない。鬱憤が溜まる。配置換えで、合併買収部の女性重役の秘書になる。若く有能で、スマートな上司に認められて喜ぶ。休暇中に骨折して入院した、重役の留守を預かる。そして、テスが提案し、「没になった」と言われた企業合併が、動き出そうとしていることに気づく。「私のアイデアを、自分の手柄にしている」と、テスは憤慨する。秘書の身分を隠しパートナーと偽って、交渉に乗り込む。

髪を切り、メイクを変え、上司のクロゼットから無断借用の服を着る。二つの会社の役員を前に、プレゼンテーションをするテスは、堂々としている。

服装を変えるだけで、気分を変えられる。外見を整えることで、エリートのように。自分の企画を発表し、議論をし、人々を納得させる。学んだ力を活かせる喜びと自信が、まなざしにも、態度にも溢れる。

映画では、退院した上司が現れ、大騒ぎとなる。アイデアの盗用を疑われたテスが、発案者とわかり、成功を手にする。そして恋も。

化粧

誰のために化粧をするのか、考えたことがなかった。

今日も、電車の中で化粧をする人を見かけた。二十代の可愛い女性が、手鏡を覗きながら、真剣な表情でアイメークをしている。隣に座る友人に、訊く。

「周りの人たちが、気にならないのかしら」

「何かで読んだけど、若い人たちにとって、知らない人は、いない人なんですって」

「これから会う彼氏のお母さんが、私だったら、どうするのかしら」

「別に、構わないんじゃないの。お母さんと結婚するわけじゃないもの」

「そうかも……」。

テニスで真黒に日焼けしていた大学生時代は、お化粧をしていなかった。仕事を始めてからも、大学病院勤務で当直があるため（本音は、面倒だから）しなかったが、いつの間にか、口紅と透明なマニキュアを付けるようになった。寝不足の顔をごまかすためと、長い入院の患者さんが、「きれいな爪」と、喜んでくれたから。ファンデーションを使うようになったのは、三十代半ばだろうか。仕事を続けながらの、結婚、子育てで、疲れを隠し切れなくなった。そして、年齢と共に、カバーするべき項目が増えている。

「今日も、頑張るぞ」と、思いながら化粧をしている私は、自分のためだけで、女友達や、男性のためではないらしい。

あとがき

本は大好きな子だったが、文を書くのは嫌い。そんな私の文章が本になるとは、信じられない。

クリニックを閉院するには、いろいろ事情があったとはいえ、「七十歳を越したから辞めてもいいか」と考えた結果だった。思い悩んでも、「まっ、いいか」と開き直るのが、いつもの私である。なので、医師、妻、母、どれも中途半端な生き方という気がしている。

同じ二〇一五年、「どこに旅行しよう」と話して夫は、入退院を繰り返して、一人で旅立ってしまった。その一ヵ月後には母が亡くなった。両親や家族のことを書いておきたいと、そのとき思った。

二年たって、早稲田のオープンスクールにある花井正和先生の『エッセイ教室』に、申し込んだ。講義は楽しいが、毎週の課題の作品を提出するのが辛い。気がつくと、年に二十八作書いている。この本の八割は、課題作品だが、少し手を入れた。基本的な文章の書き方と言葉の選び方、書く楽しさを教えていただいている。

田畑書店の大槻慎二さんに編集をお願いできたのも、幸運だと思う。章分けやタイトルの付け方、その他の指摘も感心するばかり。

表紙の版画を作ってくれた岡田春代さん。中の絵を描いてくれた山岸晴子さん。そして家族にも。

お世話になった方々、ありがとうございます。

二〇二三年二月

江守いくよ

江守いくよ（えもり　いくよ）
埼玉県生まれ。医学部卒業後、大学病院、総合病院等に勤務。1992年、杉並区で開業し、2015年まで地域医療に携わる。退職後、早稲田オープンスクールの「エッセイ教室」を受講する。

田畑書店

台所と診察室のあいだで

2023年3月15日　印刷
2023年3月20日　発行

著者　江《え》守《もり》いくよ

発行人　大槻慎二
発行所　株式会社 田畑書店
〒102-0074　東京都千代田区九段南3-2-2　森ビル5階
tel 03-6272-5718　fax 03-3261-2263
装幀・本文組版　田畑書店デザイン室
印刷・製本　モリモト印刷株式会社

Printed in Japan
ISBN978-4-8038-0412-6 C0095
定価はカバーに表示してあります
落丁・乱丁本はお取り替えいたします